वक़्त की आव..

जब तक आवाज़ बची है, तब तक उम्मीद भी बची है।
इस शृंखला की कड़ियों में आप अपने समय के ज्वलंत प्रश्नों पर
लेखकों-कलाकारों-कार्यकर्ताओं की बेबाक टिप्पणियाँ पढ़ेंगे।
ये टिप्पणियाँ जितना हमारे समय के गतिशास्त्र को समझने में हमारी मदद
करती हैं, उतना ही इस बात के लिए आश्वस्त भी करती हैं कि
ताक़त के समीकरण समाज, राजनीति और अर्थतंत्र को जो शक्ल दे रहे हैं,
उसे नियति मानकर स्वीकार नहीं किया जा रहा।
ये इनकार की आवाज़ें हैं और इनकार का आधार तर्क-विवेक-युक्त विश्लेषण है।
वह जाति का प्रश्न हो या सांप्रदायिकता का, कश्मीर का प्रश्न हो
या राष्ट्रीय नागरिकता खाते का, विविधता और बहुलता पर हमले का सवाल हो
या विज्ञान और विवेक के ख़िलाफ़ अंधश्रद्धा के प्रोत्साहन का –
इस शृंखला की कड़ियाँ हर मुद्दे की बारीकियों और जटिलताओं
को आपके सामने लाने का एक विनम्र प्रयास हैं।

सुलगता कश्मीर,
सिकुड़ता लोकतंत्र

वक़्त की आवाज़ 2

सुलगता कश्मीर, सिकुड़ता लोकतंत्र

संपादक

शिप्रा किरण

प्रांजल

संजीव कुमार

वाम

पहला संस्करण, नवंबर 2019
लेफ़्टवर्ड बुक्स
2254/2 ए, शादी खामपुर
न्यू रंजीत नगर
नई दिल्ली – 110008

वाम प्रकाशन और लेफ़्टवर्ड बुक्स नया रास्ता पब्लिशर्स प्रा. लि. की प्रकाशन शाखाएं हैं।

leftword.com

ISBN 978-81-940778-9-3

प्रकाशित लेखों और चर्चाओं के प्रकाशन ब्यौरे उनके अंत में दिए गए हैं।

मुद्रक : चमन इंटरप्राइज़ेज़, दिल्ली

Series: Waqt ki Awaz 2
Sulagta Kashmir, Sikudta Loktantra
Edited by Shipra Kiran, Pranjal and Sanjeev Kumar

विषय सूची

भूमिका

कश्मीर और हमारे दौर के झूठ

जम्मू और कश्मीर पुनर्गठन अधिनियम 2019, अगस्त 2019 में पारित किया गया। इस बिल के ईजाद होने से पहले जम्मू-कश्मीर में भारतीय संविधान के अनुच्छेद 370 के तहत राष्ट्रपति शासन लगा दिया गया था और राज्य के विशेष दर्जे को हटा दिया गया था, जिससे ये हुआ कि अब जम्मू-कश्मीर में भारतीय संविधान के सभी प्रावधान लागू होना शुरू हो जाएँगे। इसी के बाद दिल्ली की संसद में ये क़ानून बनाया गया।

इस अधिनियम में जम्मू-कश्मीर राज्य के पुनर्गठन के प्रावधान मौजूद हैं, जिसके तहत अब राज्य दो केंद्र शासित प्रदेशों में बंट जाएगा – जम्मू-कश्मीर और लद्दाख। लद्दाख में लेफ़्टिनेंट गवर्नर को नियुक्त किया जाएगा और यहाँ विधान सभा नहीं होगी। यह अधिनियम या क़ानून 31 अक्टूबर 2019 से लागू किया जाएगा।

इस बिल को न सिर्फ़ बीजेपी और उसके सहयोगियों का समर्थन मिला, बल्कि इसे उन दलों ने भी समर्थन दिया जो हिंदुत्व की विचारधारा के विपरीत होने का दावा करते हैं।

इसका हासिल ये हुआ है कि भारत के साथ-साथ अमेरिका में भी भारतीय मूल के निवासियों के बीच एक अभूतपूर्व विजय का भाव पैदा हो गया है। अमेरिका के भारतीय मूल के निवासियों ने तो इसे ज़ाहिर करने के लिए नरेन्द्र मोदी की हाल ही में हुई अमेरिका यात्रा में उनका खड़े हो कर स्वागत भी किया और उन्हें 'हाउडी मोदी' (Howdy Modi) का उपनाम भी दिया।

इस अभूतपूर्व विजय भाव को पैदा करने में बीजेपी द्वारा चलाए जा रहे फ़ेक न्यूज़ कैंपेन का बहुत बड़ा हाथ है, ये किसी भी लोकतंत्र के लिए बेहद ख़तरनाक है क्योंकि

इसमें तथ्य के आधार पर होने वाले विमर्श या बहस की कोई जगह नहीं है।

इस संकलन का मक़सद मौजूदा सरकार द्वारा अनुच्छेद 370 और 35 को हटाने के फ़ैसले को सही साबित करने के लिए फैलाए जा रहे झूठों का पर्दाफ़ाश करना है। इस संकलन से बीजेपी के झूठ, चालाकी और भारत को एक लोकतंत्रिक, धर्मनिरपेक्ष देश से हिंदू फ़ासीवादी बनाने के एजेंडे का सच भी सामने आएगा।

पहला झूठ : सरदार पटेल, बाबसाहब अम्बेडकर और श्यामा प्रसाद मुखर्जी के विरोध के बावजूद, जवाहरलाल नेहरू ने भारतीय संविधान में अनुच्छेद 370 को शामिल किया था। इतिहास के असली काग़ज़ात में लिखा गया है कि जम्मू-कश्मीर को विशेष दर्जा देने का फ़ैसला नेहरू और उनकी कैबिनेट ने मिल कर किया था।

भारतीय संविधान का अनुच्छेद 370 कई मायनों में जम्मू-कश्मीर को पूरे भारत के साथ जोड़ने का काम करता है। इस विशेष दर्जे को हटा देने से अब बिखराव का ख़तरा बढ़ गया है।

दूसरा झूठ : 370 हटाने की यह पूरी प्रक्रिया क़ानूनी और संवैधानिक रही है।

कई लेखकों ने इस बात को उठाया है कि जम्मू-कश्मीर पुनर्गठन अधिनियम, 2019 को लागू करने के दौरान सरकार ने संविधान की भावना को ठेस पहुँचाई है। संविधान के इस विनाश की वजह से भारतीय राजनीति का लोकतांत्रिक और धर्मनिरपेक्ष ताना-बाना ज़ार-ज़ार होने की कगार पर है।

तीसरा झूठ : जम्मू-कश्मीर में राजद्रोह, अनुच्छेद 370 और 35 से मिले विशेष प्रावधानों की वजह से ही पैदा हुआ है।

इस संकलन में कुछ लेखकों ने कहा है कि कर्फ़्यू लगा कर, हज़ारों की संख्या में नेताओं और यहाँ तक कि बच्चों को गिरफ़्तार कर, विशेष दर्जे को छीन लेने से वो कश्मीरी भी ख़ुद को अलग-थलग महसूस करेंगे, जो कभी भारतीय संविधान का समर्थन करते थे। जैसा कि एक लेखक ने कहा है, 'अब राष्ट्रवाद की नहीं, बल्कि आतंकवाद की प्रतिस्पर्धा होगी।'

चौथा झूठ : अनुच्छेद 370 और अनुच्छेद 35 के हट जाने के बाद अब देश के बाक़ी हिस्सों के लोग भी जम्मू, कश्मीर और लद्दाख में आ कर रह सकेंगे, जिससे देश की एकता बढ़ेगी।

दरअसल, बीजेपी का एजेंडा है कि देश के इकलौते मुस्लिम बहुल राज्य जम्मू-कश्मीर की जनसांख्यिकी पहचान को बदल दिया जाए। इसकी वजह से जनता का एक बड़ा हिस्सा अलग-थलग हो जाएगा, वो लोग भी अलग हो जाएँगे जो अब तक आतंकवाद का विरोध कर रहे थे और भारत की एकता के लिए लड़ रहे थे।

पाँचवा झूठ : अनुच्छेद 370 और अनुच्छेद 35 की वजह से राज्य आर्थिक रूप से पिछड़ गया था।

भारतीय संविधान के अनुच्छेद 35ए (जम्मू-कश्मीर से संबंधित), 1954 में लिखा है –

'स्थायी नागरिकों के अधिकारों के संबंधित क़ानूनों का संरक्षण करना – संविधान में कुछ भी हो फिर भी, कोई भी वर्तमान क़ानून जम्मू और कश्मीर राज्य में तथा भविष्य में राज्य विधानमंडल द्वारा क्रियान्वयित नहीं होगा –

(अ) जम्मू और कश्मीर राज्य के स्थायी नागरिक कौन हैं अथवा होंगे इसे पारिभाषित करना या,

(ब) निम्नलिखित क्षेत्रों में स्थायी नागरिकों को विशेषाधिकार प्रदान करना तथा अन्य व्यक्तियों पर प्रतिबंध लगाना –

(i) राज्य सरकार में नौकरी

(ii) राज्य की अचल संपत्ति का अधिग्रहण

(iii) राज्य में बसना या

(iv) राज्य सरकार द्वारा दी जाने वाली छात्रवृत्ति या ऐसी कोई अन्य सहायता

अन्य भारतीय नागरिकों को इस आधार पर नहीं दी जाएगी कि यह स्थायी नागरिकों के लिए असंगत या उनको प्रदत्त विशेषाधिकारों का हनन होगा।'

जम्मू-कश्मीर और लद्दाख को मिले विशेष दर्जे और सुरक्षा से ये हासिल हुआ था कि राज्य कि अर्थव्यवस्था देश के कई हिस्सों से ज़्यादा मज़बूत है।

उदाहरण के तौर पर, दिसंबर 2011 में दिल्ली के एक पीएचडी रिसर्च ब्यूरो ने सर्वे किया था जिसमें ये कहा गया था कि विभिन्न सामाजिक-आर्थिक मापदंडों में जम्मू-कश्मीर का आठवाँ स्थान है। ये मापदंड थे – स्थूल अर्थव्यवस्था (मैक्रो इकॉनमी), निवेश, इंफ्रास्ट्रक्चर, कृषि, बुनियादी शिक्षा और उपभोक्ता बाज़ार।

इस सर्वे से ये भी पता चला कि राज्य का प्राथमिक स्वास्थ्य में पहला, स्थूल अर्थव्यवस्था में तीसरा, औद्योगिकी निवेश और प्राथमिक शिक्षा में चौथा, उपभोक्ता बाज़ार में छठा, इंफ्रास्ट्रक्चर में दसवाँ और कृषि में ग्यारहवाँ स्थान है। इसके अलावा राज्य को श्रम क़ानून में चौथा, आर्थिक आज़ादी में नौवाँ, क़ानून में तेरहवाँ और सरकार के आकार में चौदहवाँ स्थान मिला हुआ है।

इस सर्वे का ज़िक्र ये बताने के लिए किया गया है कि देश के किसी भी राज्य से पहले जम्मू-कश्मीर में ज़मीनी स्तर पर सुधार हुए हैं। ये भूमि सुधार 1944 में वामपंथ की प्रेरणा से शुरू किए गए 'नया कश्मीर' प्रोग्राम का हिस्सा थे।

अभूतपूर्व विजय भाव ने नरेन्द्र मोदी को ये कहने पर मजबूर कर दिया कि वो पाकिस्तान अधिकृत कश्मीर को भारत का हिस्सा बनाने का अपना सपना पूरा करेंगे। कम से कम उन्होंने माना तो कि पाकिस्तान के पास मूलभूत जम्मू-कश्मीर का 35 % हिस्सा है, चीन के पास 20 % है और भारत के पास 45 % है। लेकिन फिर भी भारत का जो नक़्शा हमें दिखाया जाता है, उसमें असल सरहदों को हटा कर पूरा जम्मू-कश्मीर राज्य भारत के हिस्से में दिखाया जाता है। ये सबसे बड़ा झूठ हमसे बोला गया है।

अगर भारत और पाकिस्तान के बीच जंग हुई, तो चीन उसका हिस्सा बनेगा और उसके बाद सारी दुनिया उसका हिस्सा बनेगी। ऐसे वक़्त में, कश्मीरी घेराबंदी और कर्फ़्यू का विरोध भारत का समर्थन ना कर के कर सकते हैं। प्रधानमंत्री नरेन्द्र मोदी ने ना सिर्फ़ अमेरिकी राष्ट्रपति ट्रम्प के साथ अच्छे रिश्ते क़ायम कर लिए हैं, बल्कि अंतर्राष्ट्रीय नियमों को तोड़ते हुए भारतीय मूल के अमेरीकियों से 2020 के चुनाव में ट्रम्प को वोट करने की अपील भी कर दी है। उन्होंने कहा था, 'अबकी बार, ट्रम्प सरकार!'

मोदी के नेतृत्व वाली बीजेपी की इन नीतियों को चुनौती देने के लिए, एक संगठित पहल करनी ज़रूरी है। उनके झूठ, चालाकी और फ़ेक न्यूज़ का पर्दाफ़ाश करना ज़रूरी है, जिसका इस्तेमाल वो भारत को हिंदू राष्ट्र बनाने के मिशन को आगे बढ़ाने के लिए कर रहे हैं।

निबंधों और चर्चाओं का यह संकलन उसी रास्ते पर एक क़दम है।

नंदिता हक्सर

1.

कश्मीरी भी जीना चाहते हैं : यूसुफ़ तारीगामी

न्यूज़क्लिक

कश्मीर में धारा 370 के ख़त्म होने के बाद से अनेक राजनेता, कार्यकर्ता, पत्रकार नज़रबंद हैं। उनमें से एक हैं – मोहम्मद यूसुफ़ तारीगामी, जिन्हें सुप्रीम कोर्ट ने कुछ राहत देते हुए इलाज़ के लिए दिल्ली आने की इजाज़त दी थी। दिल्ली में उन्होंने एक पत्रकार वार्ता को संबोधित किया। उनका मानना है कि आवाम का अब कश्मीर में दम घुट रहा है और उन्हें भी जीने का अधिकार है।

* * *

बहुत-बहुत शुक्रिया। मैं आप सब का शुक्रिया अदा करना चाहता हूँ कि आप ने मुझे इतनी सहूलियत दी कि मैं आप सब से आज यहाँ मिल पा रहा हूँ। मैं अपने बेहद क़रीबी दोस्त कॉमरेड सीताराम येचुरी का आभारी हूँ जो मेरे लिए लड़ते रहे, मेरे इलाज़, मेरे दिल्ली आने और आप सभी दोस्तों से मिलने के मौक़े के लिए लड़ते रहे। मैं सर्वोच्च न्यायालय और उन वकीलों का भी शुक्रमंद हूँ जिनकी वजह से मुझे अपने देश की राजधानी में आज़ादी के कुछ पल बिताने को मिल रहे हैं। देखिए, इस मौक़े का फ़ायदा उठाते हुए मैं आप सब को बताना चाहता हूँ कि मुझे बहुत दुःख हुआ है। कश्मीर बड़े मुश्किल समय से गुज़र रहा है। 90 के बाद से ही हमने लंबे अर्से तक कश्मीर के मुश्किल हालात देखे हैं। बहुत तबाही हुई है, लोग मरे हैं। हमने सब देखा है। मैंने बहुत बुरे दिन देखे हैं, जब मैंने अपने दोस्तों और घरवालों को खोया है और जब मुझ पर

हमले हुए हैं, लेकिन आज मैं जितना दुःख महसूस कर रहा हूँ, पहले कभी नहीं किया।

इसकी वजह है कि मैं अपनी आँखों के सामने जो होते हुए देख रहा हूँ, मेरे अंदर बहुत गहन जज़्बात उभर रहे हैं। क्या कभी ये संभव था कि हम इतने बुरे दौर देखेंगे? मैं ख़ुद से ये सवाल करता हूँ। जब मैं देखता हूँ कि जम्मू और कश्मीर के लोगों की भारत के साथ एकता की बुनियाद पर ही चोट की जा रही है, और ये वह लोग कर रहे हैं जिन्हें संविधान की बुनियाद की रक्षा के लिए चुना गया है। ये मेरे लिए बड़े अचंभे की बात है। बल्कि मुझे इससे बहुत धक्का लगा है। वर्तमान सत्ता से हमें कोई बहुत ज़्यादा उम्मीदें नहीं हैं। फिर भी एक नागरिक के तौर पर मुझे नहीं लगता था कि ये लोग इतने बेक़रार होंगे कि एक क़ानून से जम्मू और कश्मीर के नेताओं और भारत के संविधान निर्माताओं के बीच यहीं दिल्ली में हुए समझौते को अलविदा कर देंगे। ये समझौता कश्मीर के लंबे संघर्ष का भी नतीजा था। जब लुटेरे आए थे तब लोगों ने ही प्रतिरोध किया था। जबकि महाराजा हरि सिंह ख़ुद सोच रहे थे कि भारतीय संघ का हिस्सा बनना है या नहीं। लेकिन कश्मीर के लोगों ने सारी मुसीबतों को झेलते हुए ये फ़ैसला लिया था कि वे सरहद पार के फरमानों को नहीं मानेंगे और धर्मनिरपेक्ष भारत का हिस्सा बनेंगे। उन्हें मजबूर नहीं किया गया था। उनके साथ ज़बर्दस्ती नहीं की गई थी। बल्कि, ऐसा इसलिए हुआ था क्योंकि कश्मीरी लोगों और देश की बाक़ी जनता की ब्रिटिश निरंकुश सत्ता के ख़िलाफ़ विद्रोह करने की समझ और मूल्य एक सामान थे।

वो रिश्ते जो कश्मीरी जनता और देश के बाक़ी नेताओं की मेहनत से बनाए गए थे, आज उन पर चोट की जा रही है। मुझे इससे चिंता हो रही है। कोई मशविरा नहीं, कोई चर्चा नहीं, कोई वाद-संवाद नहीं। इसीलिए मैं एक नागरिक के तौर पर, एक चिंतित नागरिक के तौर पर, आप लोगों के ज़रिए अपने देश के बाक़ी नागरिकों तक अपनी बात पहुँचाना चाहता हूँ। वो देश के जिस भी हिस्से में हों, वो किसी भी पार्टी को मानने वाले हों, चाहे वह आज दिल्ली में बैठी (सत्ताधारी) पार्टी के ही क्यों न हो। मैं उन सब नागरिकों से अपील कर रहा हूँ कि कृपया आप कश्मीर के लोगों का पक्ष भी सुनें। हम मार दिए जाना नहीं चाहते। हम मरना नहीं चाहते, बर्बाद होना नहीं चाहते। हम, फ़ारूक़ अब्दुल्लाह और बाक़ी लोग, हम आतंकवादी नहीं हो गए हैं। तारीगामी अपने ही देश में अजनबी नहीं हो गया है। मैं विदेशी नहीं हूँ। मैंने इसकी क़ीमत चुकाई है और

मुझे इस बात पर नाज़ है। ये नहीं कि मैंने कोई एहसान किया। बिल्कुल नहीं। वो मेरा फ़र्ज़ था। मैंने निभाया। लेकिन आज मेरा सवाल है। हमें भी साथ लेकर चलो। और कुछ नहीं मांगते हम। एक साधारण कश्मीरी कुछ नहीं मांगता, आसमान के तारे नहीं मांगता। हम जन्नत नहीं मांग रहे। हम सिर्फ़ इतना चाहते हैं कि हमें भी आपके साथ आगे बढ़ने का मौक़ा मिलना चाहिए।

2016 में जब कश्मीर में बहुत अशांति फैली हुई थी, तब सब विपक्षी दल प्रधानमंत्री मोदी साहब से मिले। मैंने तब भी कहा था कि हालात बहुत ख़राब हैं। इन्हें संभालना है और ये ज़िम्मेदारी हमारे पहरेदार फौजी और सिपाहियों की नहीं है क्योंकि ये उनकी करनी नहीं है। उन्होंने हालात ख़राब नहीं किए। उनके कंधों पर ये बोझ मत डालिए प्रधानमंत्री जी! ये ख़राब हालात हमारी करनी हैं। इस कमरे में मौजूद, हम सब राजनेताओं की करनी। ये सियासी दर्द है, सियासी गलतियों की वजह से है। इसका हल निकालना है आपके नेतृत्व में, इसी कमरे में। और कहा कि कैसे? . . . मैंने कहा अपनाइए कश्मीरियों को! और कहा अपनाने के लिए क्या करना होगा? मैंने कहा बात करनी होगी। मैं आपका ज़्यादा वक़्त नहीं लेना चाहता। हमारे नेता हैं, हमारे महासचिव वे आपके सामने सब मुद्दे रखेंगे। इस समय मेरा मुद्दा सिर्फ़ ये है कि आप देखिए हम कैसी दुनिया में रह रहे हैं, आज चालीस दिन हो गए हैं कश्मीर पर शिकंजा कसे। हम सुनते हैं कि सब सामान्य है। ये दिल्ली में आजमाएं और किसी शहर में आजमाएं। अगर सात दिन आपका इंटरनेट बंद रहे, फ़ोन बंद रहे, क्या हालत होगी, कारोबार कहाँ पहुँचेगा। बच्चों का क्या हाल होगा! अस्पतालों का क्या हाल होगा! और फिर मीडिया का क्या हाल होगा! पूछा जाता है कि आज दुकानें खुलीं? नहीं। स्कूल खुले? नहीं। अस्पतालों में राष्ट्रीय स्वास्थ्य योजना का 5 अगस्त से आज तक किसी को फ़ायदा मिला? नहीं। और शाम को फिर भी यही कहा जाता है कि सब ठीक है। मुझे बताएँ कि ये क्या मंत्र है! इस सबके बाद एक ही चीज़ कहते हैं कि मारा तो नहीं! अरे! हम मर ही रहे हैं! धीरे-धीरे हम मर रहे हैं। घुटन हो रही है वहाँ। और इसीलिए मेरी अपील है, मेरी दरख्वास्त है पूरे मुल्क से, जनता से, मैं हाकिमों से भी अपील कर लेता लेकिन पता नहीं उन तक मेरी आवाज़ पहुँचेगी कि नहीं, लेकिन आम ग़रीब जनता से, आपसे मेरी अपील है कि हम भी जीना चाहते हैं। एक कश्मीरी बोल रहा है, एक हिंदुस्तानी बोल

रहा है कि हमें भी ज़िंदा रहने का मौक़ा मिलना चाहिए। ये विनती है, ये बात पहुँचाए अगर पहुँचा सकते हैं तो!

न्यूज़क्लिक, 17 सितंबर 2019

2.

अनुच्छेद 35ए की विडंबनापूर्ण मौत कश्मीरी पंडितों और भारत को सताएगी

एजाज़ अशरफ़

अरसों से जब भी कश्मीर की बात की जाती है, उनके साथ ही नाम लिया जाता है कश्मीरी पंडितों का। संघ गिरोह ने हमेशा कश्मीरी पंडितों को मोहरा बनाकर कश्मीर के बाशिंदो की हमेशा एक नकारात्मक छवि पेश की है। पर अब धारा 370 के हटने के बाद कश्मीरी पंडितों का हाल क्या होगा, इस पर नज़र डाल रहे हैं एजाज़ अशरफ़।

* * *

अनुच्छेद 35ए का अतीत विडंबनापूर्ण है, जो अपनी उस क़ब्र से चेतावनी दे रहा है जिसमें उसे दफ़नाया गया है। चेतावनी, संक्षेप में, यह है कि जिन्हें बाहरी लोगों के रूप में देखा जाता है, उन्होंने हमेशा इसका विरोध किया है।

जनवरी 1927 में, राजा हरि सिंह, जो एक डोगरा शासक थे, जिनके वंशजों ने ख़ुद को हिंदू शासक के रूप में स्थापित किया था, ने एक आदेश जारी करते हुए समझाया था कि जम्मू और कश्मीर में राज्य के विषय (यानी राज्य के मूलनिवासी) कौन हैं? आदेश में कहा गया कि केवल वे लोग ही, संपत्ति के मालिक होंगे और राज्य सेवाओं (नौकरियों) में भर्ती हो सकते हैं जिन्हें राज्य का विषय माना गया है।

राजा हरि सिंह का आदेश कोई सनकीपन से भरा शाही आदेश नहीं था। बल्कि यह तीन दशकों से डोगरा शासकों पर जारी उस लोकप्रिय दबाव की प्रतिक्रिया थी,

जिसके तहत बाहरी लोगों, यानी अनिवार्य रूप से पंजाबियों पर प्रतिबंध लगाने की मांग थी, ताकि वे प्रशासन के उच्च पदों पर आसीन न होने पाए। जिन लोगों ने यह दबाव बनाया था वे हिंदू थे, मुख्यतः कश्मीरी पंडित, जिन्होंने 'कश्मीर कश्मीरियों के लिए है' का आंदोलन चलाया था।

नौकरियों के लिए बेसुध प्रतिस्पर्धा में, कश्मीरी मुसलमानों ने अपेक्षाकृत देर से प्रवेश किया था, ज़्यादातर इसलिए क्योंकि वे शिक्षा में अन्य समुदायों से काफ़ी पीछे थे। पंडितों और डोगरों – जो राज्य के दो शक्तिशाली समूहों में से थे – और कश्मीरी मुसलमानों ने बाद में राज्य के विषयों का लाभ उठाने के लिए ख़ुद को संगठित किया।

5 अगस्त 2019 को केंद्र सरकार ने अनुच्छेद 370 और अनुच्छेद 35ए को निरस्त कर दिया, जिसे 1954 के राष्ट्रपति आदेश से भारतीय संविधान में शामिल किया गया था। अनुच्छेद 35ए ने हरि सिंह द्वारा तय किए गए राज्य के विषयों और उनके अधिकारों की परिभाषा का समर्थन किया था।

भारतीय जनता पार्टी अपनी पहचान को निश्चित रूप से 'हिंदू' मानती है, जैसा कि डोगरा शासक मानते थे। नए उपहार के रूप में मिले, किसी भी भारतीय द्वारा संपत्ति ख़रीदने के अधिकार का जश्न मनाने वाले सबसे उत्साही चीयरलीडर्स कश्मीरी पंडित हैं, जो उस समय बाहरी लोगों के कथित कब्ज़े के ख़िलाफ़ कश्मीरी जनता और राज्य के हितों की रक्षा के मूल पैरोकार थे।

दरअसल, अनुच्छेद 35ए एक विडंबनापूर्ण मौत का शिकार हो गया है।

अनुच्छेद 35ए की कहानी 1885 में तब शुरू होती है, जब प्रताप सिंह को औपनिवेशिक सरकार द्वारा, उनके दरबार में ब्रिटिश रेजिडेंट ने प्रशासनिक सुधारों को पेश करने की शर्त स्वीकार करने के बाद, तीसरे डोगरा शासक का ताज़ पहनाया था।

मृदु राय अपनी प्रतिष्ठित किताब, *हिंदू रूलर्स, मुस्लिम सब्जेक्ट्स*, में लिखती हैं, '. . . भारत सरकार ने स्पष्ट कर दिया था कि रेजिडेंट (अँग्रेज़ सरकार के नुमाइंदे) को कश्मीर में पूरी स्वतंत्रता होगी . . . "कि वे डोगरा राज्य में सुधारों की एक पूरी प्रक्रिया को लागू करें, जिसमें" योग्य व्यक्तियों को आधुनिक और वेतनभोगी नौकरशाही संचालित करने के लिए स्थापित करना' था।

फिर, अप्रैल 1889 में, प्रताप सिंह से उनकी सत्ता छीन ली गई। उन्हें राज्य का नाममात्र का प्रमुख बना दिया गया, और शासन की ज़िम्मेदारी राज्य परिषद को दे दी गई। इसके सदस्यों को औपनिवेशिक भारत सरकार द्वारा नियुक्त किया जाता था।

1920 के दशक के अंत और उसके बाद कश्मीर में होने वाली घटनाओं पर एक राजनेता और विद्वान स्वर्गीय प्रेमनाथ बजाज की अच्छी पकड़ थी, उन्होंने लिखा, कश्मीर में 'लगभग तुरंत ही, महाराजा को उनकी सभी शाही शक्तियों से दूर कर दिया गया, और ब्रिटिश रेजिडेंट राज्य परिषद के माध्यम से नागरिक प्रशासन को सभ्य और आधुनिक बनाने के लिए विभिन्न ब्यूरो खोलने में दिलचस्पी लेने लगे।'

डोगरा राज्य में कोई कॉलेज नहीं होने के कारण, पश्चिमी शिक्षा और प्रशिक्षण के लिए पड़ोसी प्रांत पंजाब से बड़ी संख्या में क़ाबिल लोगों को लाया गया था। 1889 में, राज्य परिषद (स्टेट काउंसिल) ने उर्दू के साथ-साथ फ़ारसी भाषा को भी अदालत की भाषा के रूप में लागू कर दिया और सरकारी सेवा में नियुक्ति के लिए प्रतियोगी परीक्षाएं आयोजित करने के नियम भी बनाए गए।

इन उपायों का कश्मीरी पंडितों पर विनाशकारी प्रभाव पड़ा, क्योंकि अब तक तो राज्य प्रशासन को वे ही नियंत्रित कर रहे थे। जैसा कि राय लिखती हैं, 'राज्य के रोज़गार के माध्यम से सत्ता पर अपनी पकड़ बनाए रखने के लिए सदियों से फ़ारसी में अपनी साक्षरता में निवेश करने के बाद, उन्हें लगा जैसे अचानक उनके पैरों के नीचे से ज़मीन खिसक गई क्योंकि उनमें से कुछ ही ऐसे थे जो उर्दू में धाराप्रवाह थे या उर्दू भाषा जानते थे।'

ज़्यादातर उच्च पद पंजाबियों के पास थे, जो राज्य प्रशासन में रिक्तियों को भरने के लिए अपने रिश्तेदारों को भी यहाँ ले आए थे।

कश्मीरी पंडितों के भाग्य में बदलाव लाने के लिए उन्हें भारत सरकार को कई बार ज्ञापन देने पड़े। कश्मीर के डोगरा समुदाय की क़ीमत पर बाहरी लोगों को नौकरशाही में भरने के विरोध में, प्रताप सिंह ने 1897 में राज्य परिषद की आलोचना की।

संभवतः उनकी आलोचना का वांछित प्रभाव पड़ा। 1889 में, वायसराय ने डोगरा दरबार को एक पत्र जारी किया कि नौकरियों में मुल्की, या मूल निवासी को

बाहरी लोगों के मुक़ाबले वरीयता दी जानी चाहिए। लेकिन समस्या यह थी कि 'मुल्की' की कोई परिभाषा नहीं थी। 'कोई भी बाहरी व्यक्ति ख़ुद को मुल्की होने की घोषणा कर सकता था,' बजाज ने बताया।

इस सब के परिणामस्वरूप बाहरी लोगों के ख़िलाफ़ संघर्ष कम नहीं हुआ। बल्कि, यह जारी रहा क्योंकि मूल निवासियों के बीच नौकरी पाने वालों की संख्या बढ़ रही थी। इसमें मूल इज़ाफा सनातन धर्म सभा के कारण हुआ था – जिन्होंने कश्मीरी पंडितों के बीच सामाजिक सुधारों को बढ़ावा देने के लिए एक संगठन का गठन किया था – और आधुनिक शिक्षा प्रदान करने के लिए श्रीनगर में प्रताप हिंदू कॉलेज की स्थापना की थी। इस तरह एक अन्य कॉलेज जम्मू में भी शुरू किया गया।

लोकप्रिय दबाव चेतनापूर्ण ढंग से बढ़ रहा था। प्रताप सिंह, जिनकी शक्तियों को 1905 में बहाल कर दिया गया था, ने राज्य के विषयों को पारिभाषित करने के लिए 1912 में एक समिति बनाई। राय, समिति की रिपोर्ट का हवाला देते हुए कहती हैं कि राज्य के विषयों के पदनाम में 'उन सभी व्यक्तियों को शामिल किया गया है जिन्होंने विधिवत निष्पादित रैयतनामा को स्वीकार किया था और राज्य क्षेत्रों के भीतर अचल संपत्ति अर्जित की थी।'

हालाँकि, इस परिभाषा में उन सभी व्यक्तियों को भी शामिल किया गया था जो कम से कम 20 वर्षों से राज्य में रह रहे थे। राय लिखती हैं, 'वास्तव में, पंजाबियों का वर्चस्व सुरक्षित रहा क्योंकि उनमें से अधिकांश, राज्य में कम से कम बीस साल से ज़्यादा समय से रह रहे थे।'

कश्मीरी पंडितों और डोगरा समुदायों के विपरीत, मुस्लिम अभिजात वर्ग का ध्यान अपने समुदाय के शैक्षिक पिछड़ेपन को दूर करने में लगा था। उदाहरण के लिए, 1907 में, 'कश्मीरी मुसलमानों के प्रतिनिधियों' ने समुदाय की निराशाजनक शैक्षणिक स्थिति और राज्य की नौकरशाही में ख़राब उपस्थिति के लिए हिंदू अधिकारियों को दोषी ठहराया था। वे चाहते थे कि इस विसंगति का समाधान किया जाए।

बजाज लिखते हैं कि 'मुसलमानों की मांग, "बाहरी व्यक्तियों के ख़िलाफ़ का नारा" ज़्यादातर हिंदुओं द्वारा उठाया गया था। समझदार मुसलमानों ने इसका विरोध

नहीं किया . . . इसमें किसी भी तरह का सक्रिय हिस्सा लेने से पहले वे शिक्षा के मामले में कमी को दूर करना चाहते थे।'

हालाँकि, कश्मीर के बाहर के मुस्लिम संगठनों ने कश्मीर की मुस्लिम आबादी की ओर से हस्तक्षेप किया। 1912 में, लाहौर के मुस्लिम कश्मीरी सम्मेलन ने प्रताप सिंह से अनुरोध किया कि यदि राज्य के मुसलमान रोज़गार के लिए सक्षम नहीं हैं, तो उन्हें पंजाब के मुसलमानों को काम पर रखना चाहिए। प्रताप सिंह का कहना था कि राज्य के विषयों की 1912 की परिभाषा ने उन्हें राज्य के बाहर के कर्मचारियों को काम पर रखने से रोक दिया था।

राय ने कहा, 'चूँकि इस (परिभाषा) ने पंजाबी हिंदू अधिकारियों के रोज़गार को नहीं रोका था, इसलिए शासक द्वारा मुसलमान व्यक्तियों को काम पर न रखने के औचित्य को कश्मीर में मुसलमानों के ख़िलाफ़ भेदभाव का स्पष्ट उदाहरण माना गया था।'

ऐसा नहीं था कि 1912 की परिभाषा ने कश्मीरी पंडितों को संतुष्ट कर दिया था। उदाहरण के लिए, शंकर लाल कौल, एक पंडित जो कश्मीर के छद्म नाम का उपयोग करते थे, ने *संयुक्त भारत और संयुक्त राज्य* में लिखा है, 'कश्मीरियों को अपने ही घर में अजनबी माना जाता है।' वे नागरिक और सैन्य सूची के आँकड़े बताते हुए कहते हैं कि केवल '13 प्रतिशत नौकरियां राज्य के विषयों के यानी कश्मीरियों के पास थी।'

कश्मीरी लोगों के फ़ॉर्मूले को न सिर्फ़ कश्मीरी हिंदुओं के लिए एक रणनीतिक पैंतरेबाज़ी के रूप में देखा गया, जैसा कि वे तब तक करते रहे थे, बल्कि इसे पीढ़ियों से राज्य में रहने वाले सभी कश्मीरी लोगों के लिए माना गया। एक अन्य छद्म नाम के कश्मीरी पंडित सतीस सुपरके के अनुसार 'राज्य विषय' शब्द केवल उन व्यक्तियों को शामिल करता है जो कम से कम पाँच पीढ़ियों द्वारा राज्य में रहने के 'वंशानुगत निवास' को साबित करने में सक्षम थे।

इन सभी विचारों को शामिल करने के लिए डोगरा सभा की 1926 की बैठक में श्रीनगर में डोगराओं के बीच सामाजिक सुधारों को बढ़ावा देने के लिए एक संगठन बनाया गया। दो सौ प्रतिनिधियों, जिनमें मुख्यतः डोगरा और पंडित शामिल थे, लेकिन कुछ मुस्लिम भी इसमें शामिल हुए, और 'वंशानुगत राज्य विषयों' के विचार को राज्य

सेवा में तरजीह देना सर्वसम्मति से तय हुआ। वे 'वंशानुगत राज्य विषयों' में केवल उन लोगों को शामिल करना चाहते थे जो पहले डोगरा शासक, गुलाब सिंह (1846-1856) के शासनकाल से राज्य में रह रहे थे।

सितंबर 1925 में प्रताप सिंह की मृत्यु के बाद, हरि सिंह ने उनका स्थान ले लिया। राज्य विषय परिभाषा समिति की रिपोर्ट के आधार पर, हरि सिंह ने 31 जनवरी 1927 को राज्य के विषयों को फिर से पारिभाषित करने के आदेश जारी किए।

इस परिभाषा के अनुसार, राज्य के विषयों के वर्ग 1 में 'महाराजा गुलाब सिंह के शासनकाल के शुरू होने से पहले राज्य में पैदा होने वाले और निवास करने वाले सभी लोग शामिल थे और 1885 के शुरू होने से पहले और उस समय से बसने वाले सभी व्यक्तियों को स्थायी रूप से निवासी मान लिया गया था।'

वर्ग 2 में ऐसे व्यक्ति शामिल थे जो 1912 के अंत से पहले राज्य में बस गए थे। स्थायी निवासियों में वर्ग 3 और वर्ग 4 के भी स्थायी निवासी थे। वर्ग 1 को राज्य के रोज़गार में वर्ग 2 से ऊपर और वर्ग 2 को वर्ग 3 के ऊपर प्राथमिकता थी।

वास्तव में कश्मीरी पंडितों के लिए यह एक महत्वपूर्ण जीत थी, डोगरा शासक को जिनके समर्थन की बहुत ज़रूरत थी ताकि कश्मीरी मुस्लिमों के बीच बढ़ती राजनीतिक चेतना के ख़िलाफ़ जवाबी कार्रवाई की जा सके। आख़िरकार, वे घाटी की आबादी का लगभग 95 प्रतिशत और राज्य की आबादी का लगभग 80 प्रतिशत हिस्सा थे।

राज्य के विषय होने के नाते, कश्मीरी मुसलमानों ने रोज़गार में तरजीह देने की मांग की। इस मांग को उठाने वाला युवा मुस्लिम पुरुषों का एक समूह था, जो भारतीय विश्वविद्यालयों में पढ़ा-लिखा था, और उन्हें रीडिंग रूम पार्टी के नाम से जाना जाता था, यह नाम मुस्लिम रीडिंग रूम से लिया गया था जहाँ वे राजनीतिक चर्चा के लिए एकत्रित होते थे। उनमें से एक शेख़ अब्दुल्लाह थे, जिन्होंने बाद में कश्मीर की राजनीति में एक महत्वपूर्ण भूमिका निभाई थी।

तरजीह देने की मांग के कारण क्षेत्रीय एकजुटता में दरार आ गई, जो कश्मीर पंडितों ने बनाई थी। हालाँकि, बजाज जो ख़ुद एक पंडित थे, ने सोचा कि मुसलमानों की तरजीह देने की मांग जायज़ है क्योंकि 'केवल वंशानुगत राज्य विषयों को राज्य की नौकरियों में नियुक्त करने की नीति ने मुसलमानों की मदद नहीं की थी . . . जैसे ही

कोई रिक्त स्थान आता, राज्य के हिंदू लोग अपनी श्रेष्ठ योग्यता के आधार पर दावा कर लेते थे। इसलिए मुसलमानों के सामने कोई विकल्प नहीं बचा और उन्होंने एक सख़्त सांप्रदायिक आधार पर हिस्सेदारी की मांग की . . .'

राज्य के रोज़गार में प्रतिनिधित्व पाने के संबंध में मुसलमानों के बीच दो विचार उभर कर सामने आए। नरमपंथी एक निष्पक्ष प्रतिनिधित्व चाहते थे, लेकिन 'निष्पक्ष' क्या है, यह स्पष्ट नहीं था। चरमपंथियों ने मुसलमानों की आबादी के अनुपात में प्रतिनिधित्व देने पर ज़ोर दिया। पढ़े-लिखे कश्मीरी मुसलमानों की शालीनता के मद्देनज़र, चरमपंथी पंजाब के मुस्लिम समुदाय के सदस्यों की भर्ती के भी पक्षधर थे। यह वंशानुगत राज्य विषय के विचार को ही बेअसर कर देता था।

बजाज ने आंशिक रूप से हिंदुओं को राज्य के रोज़गार के मुद्दे को सांप्रदायिक मोड़ में तब्दील होने के लिए दोषी ठहराया। उन्होंने लिखा, 'अगर वे (हिंदू) स्वेच्छा से मुसलमानों को सार्वजनिक सेवाओं में एक हिस्सा देने के लिए शुरुआत में ही सहमत हो जाते तो शायद कश्मीर का इतिहास वास्तव में आज कुछ अलग ही होता।'

हिंदू जितना अधिक राज्य सेवा के लिए योग्यता पर ज़ोर देते, उतना ही मुसलमान चरमपंथियों की ओर झुक जाते। '1931की गड़बड़ी की पूर्व संध्या पर, मुसलमानों का एक बड़ा हिस्सा इस (चरमपंथी) दृष्टिकोण की तरफ़ झुक गया था,' बजाज ने याद दिलाया।

डोगरा दरबार ने मुसलमानों के आरक्षण की मांग को ठुकरा दिया। हरि सिंह के ख़िलाफ़ जुझारू अभियान चलाया गया। हरि सिंह द्वारा मुसलमानों और इस्लाम के प्रति दुर्व्यवहार करने की अफ़वाह तेज़ी से फैल गई। 13 जुलाई 1931 को मुसलमानों द्वारा हिंदुओं पर हमला करने की कई घटनाएं हुईं।

उसी वर्ष अक्टूबर में, हरि सिंह ने बर्ट्रेंड जे. ग्लेंसी के तहत एक जाँच आयोग नियुक्त किया। इसने सिफ़ारिश की कि राज्य सेवा में रोज़गार के लिए न्यूनतम योग्यता तय की जानी चाहिए, लेकिन साथ ही अनावश्यक रूप से उच्च शिक्षा को तरजीह नहीं दी जानी चाहिए।

ग्लेंसी आयोग की रिपोर्ट ने यह स्वीकार किया कि राज्य के रोज़गार के बारे में मुसलमानों की शिकायत काल्पनिक नहीं थी। इसने गुस्से को शांत करने में मदद की।

बाद के वर्षों में, जैसे ही भारत ने आज़ादी की ओर क़दम बढ़ाए और डोगरा शासक जब इस झिझक का शिकार थे कि उन्हें भारत की तरफ़ जाना चाहिए या पाकिस्तान की तरफ़, उस वक़्त शेख़ अब्दुल्लाह कश्मीरियत के विचार को ज़िंदा रखते हुए मुसलमानों और हिंदुओं को एकजुट कर रहे थे।

अनुच्छेद 35ए के अतीत से पता चलता है कि सामाजिक स्थिरता उस वक़्त संकट में पड़ जाती है जब लोगों को, उनकी ही स्थानीय आबादी उन्हें बाहरी लोगों के रूप में देखने लगती है। यह विशेष रूप से तब तीव्र हो जाता है जब बाहरी लोग सत्ता के पदों को हासिल कर लेते हैं, जैसा कि पंजाबियों के मामले में हुआ था। यही कारण है कि कश्मीरी पंडितों ने पंजाब के बाहरी लोगों के ख़िलाफ़ जम्मू और कश्मीर के लोगों को संगठित करने का बीड़ा उठाया था।

विडंबना यह है कि ये वही पंडित हैं जो अनुच्छेद 35ए के निधन का जश्न मना रहे हैं। राज्य के विषयों के संबंध में उनकी फिसलन, उनके अधिकारों के मुद्दे पर उग्रवादी अलगाववादी आंदोलन के कारण घाटी से उनके पलायन से जुड़ी है। उनका एक बड़ा प्रतिशत, कश्मीरी मुसलमानों के प्रति शत्रुतापूर्ण रहा है।

यह बहस का विषय है कि क्या कश्मीरी पंडित जल्द ही किसी भी समय घाटी लौट पाएँगे? जो लोग जश्न मना रहे हैं उन्हें यह ज़्यादा लगता है कि सचेत रूप से हिंदू राजनीति ने उनके साथियों (यानी मुस्लिम कश्मीरियों) को सबक सिखाया है। या वे लोग जिनके पास वहाँ अभी भी संपत्ति हैं, वे आनंदित हैं क्योंकि उन्हें लगता है कि उनकी क़ीमत अब बढ़ जाएगी।

लेकिन इससे पहले कि वे एक सुनसान और अलग-थलग घाटी में लौटें, भूमि माफ़िया और बड़े व्यवसाय उन लोगों की भूमि खा जाएँगे जो 5 अगस्त तक, वंशानुगत राज्य के विषय थे। 'बाहरी' और 'अंदरूनी' (या राज्य के विषयों) के नए विचार सामने आएँगे। कश्मीरी मुस्लिम, कश्मीरी पंडितों के उन वर्गों को 'बाहरी लोगों' के बीच रखेंगे जो अब राज्य के विषयों के विचार का समर्थन नहीं करते हैं। और भविष्य में 35ए का भूत उन्हें और भारत को सताएगा।

न्यूज़क्लिक, 10 अगस्त 2019

3.

एक कश्मीरी पंडित कश्मीरी मुसलमानों के लिए क्यों दुखी होता है?

प्रदीप मैगज़ीन

इस लेख में एक कश्मीरी पंडित अपने आप से सवाल कर रहा है कि अब वह उस बूढ़े आदमी का सामना कैसे करेगा जिसने बुरे वक़्त में उन्हें सहारा दिया था। प्रदीप मैगज़ीन का मानना है कि जिस तरह से धारा 370 ख़त्म कर लाखों कश्मीरियों को क़ैद में डाल दिया गया है, वह किसी कायरता से कम नहीं है और कड़े शब्दों में इसकी निंदा करनी चाहिए।

* * *

जब भी मैं अपने दिमाग़ पर ज़ोर डालने की कोशिश करता हूँ, लाखों विचार दिमाग़ में घुमने लगते हैं, और तब मुझे अपनी सबसे पुरानी यादों में से वो याद आती है, जब सुरक्षा और आराम में जी रहा एक बच्चा एक बूढ़े और झुर्रियों से भरे इंसान के कंधों पर बैठा कहीं जा रहा है। और वो बच्चा मैं था।

मुझे तब पता नहीं था कि वह आदमी एक मुसलमान था और मैं एक कश्मीरी पंडित, जैसे कि मैं पैदा हुआ था, जैसे हम सभी पैदा होते हैं, एक ऐसी दुनिया में जिसे मैं मुश्किल से समझ सकता था।

मेरी चेतना सुप्त यानी निष्क्रिय थी और मेरा दिमाग़ उन छवियों को दर्ज़ कर रहा था जैसी वे दिखाई दे रही थीं, न कि जैसी वे होनी चाहिए थीं। लगभग छह दशक बाद,

मेरे आस-पास ऐसा कुछ नहीं हो रहा, जिसे मैं उस याद के साथ जोड़ सकता हूँ, अगर याद है तो बस अपना रोना और बाद में उनके कांधे की सवारी और मस्ती।

मेरी ज़िंदगी बचपन की उन यादों से काफ़ी हद तक दूर चली गई है। मैंने अपने जीवन में कई अच्छे और भद्दे नज़ारे भी देखे और उन्हें बाक़ायदा अपने जेहन में दर्ज़ किया है, इस सब से मेरा दिमाग़ उबलने लगा।

मैं वह कश्मीरी प्रवासी हूँ, जिसने साठ के दशक की शुरुआत में घाटी छोड़ दी थी, क्योंकि मेरे पिता ने केंद्र सरकार की नौकरी कर ली थी। मैंने अपना अधिकांश प्रारंभिक जीवन पंजाब में बिताया, इसलिए मैं एक अलग पंजाबी टोन के साथ बात करता हूँ। फिर भी, आदतें और लालन-पालन से मैं अभी भी एक कश्मीरी हूँ।

घाटी के साथ मेरा सांस्कृतिक संबंध कभी नहीं बिगड़ा क्योंकि मेरे दादा-दादी कश्मीर में ही रहते थे, मेरे बड़े भाई ने अपनी स्कूली शिक्षा वहीं समाप्त की, और गर्मियों के दौरान मैं नियमित रूप से अपने घर जाया करता था।

यह सब अस्सी के दशक के अंत तक चला, उसके बाद अचानक, बड़े पैमाने पर विद्रोह और उग्रवाद भड़क उठा, ऐसी तेज़ी के साथ जिसने हम सभी को स्तब्ध कर दिया। भय और हिंसा से घबराकर, पलायन की एक लहर पूरी घाटी में दौड़ गई।

एक आधिकारिक आँकड़े के अनुसार, उस समय लगभग 200 कश्मीरी पंडित मारे गए थे, हालाँकि कुछ का दावा है कि मरने वालों की संख्या काफ़ी अधिक थी। इस हिंसा ने हमारे घरों के दरवाज़े हमारे लिए हमेशा के लिए बंद कर दिए थे।

मैंने पहली बार 'हम' और 'वे' के बीच का विभाजन घाटी में उस समय देखा जब मैं बड़ा हो रहा था, लेकिन वह विभाजन मेरे देखे गए जीवन का केवल एक छोटा सा पहलू था।

इस विभाजन ने अब एक और भयावह मोड़ ले लिया था। तब से, कश्मीर में जो हिंसा भड़की है, उसने एक धार्मिक अल्पसंख्यक समुदाय को उनके वतन से उखाड़ फेंका है और बहुसंख्यक मुस्लिमों को उनके अपने ही राज्य में अपंग बना दिया है। उनमें से हज़ारों तो आतंकवादियों की बंदूक से मारे गए हैं, या फिर सुरक्षा बलों द्वारा।

लगभग एक दशक तक, कश्मीर हमारे लिए न जाने की जगह बन गया था। 2000 के दशक से मेरी श्रीनगर यात्रा फिर से शुरू हुई। मेरा खुले हाथों स्वागत किया

गया, हालाँकि सभी व्यावहारिक मामलों में, मैं अब एक बाहरी व्यक्ति ही था और सोचता था कि क्या मेरे लिए एक ऐसे राज्य में कोई जगह है जो भारत के साथ युद्ध में शामिल है? यह युद्ध और मेरा बाहरी या शरणार्थी होने का दर्जा, मेरी नागरिकता की पहचान बन गई थी।

अपनी यात्राओं के दौरान, मैंने देखा कि श्रीनगर के करण नगर क्षेत्र में, जहाँ मेरे दादा-दादी रहते थे, अभी भी कुछ जीवन बचा था। यह शहर में तैनात कई केंद्रीय रिजर्व पुलिस बल (सीआरपीएफ) बटालियनों में से एक का मुख्यालय बन गया था।

हमारा घर बरक़रार था, हालाँकि इसमें वहाँ के अधिकांश पंडितों के घरों की तरह सुरक्षा बल रह रहे थे। दूसरी जगहें जहाँ से पंडित दहशत से भाग गए थे, वह जगह हमेशा एक सुनसान कब्रिस्तान की तरह मेरा स्वागत करती थी। उनके घरों को बंद कर दिया गया था, ये घर उपेक्षा का शिकार थे और ऐसा लगता था जैसे ये अपने रख-रखाव के लिए रो रहे थे।

कई अन्य पंडितों की तरह, मैं अब कश्मीर का एक नियमित आगंतुक हूँ, लेकिन स्थायी वापसी का विचार मेरे दिमाग़ में कभी नहीं आया। बंदूक का डर अभी भी 'हमें' सताता है, हालाँकि घाटी में पर्याप्त आवाज़ें हैं जो हमें वापस बुलाती हैं और कहती हैं कि 'वापस आओ'।

आख़िरकार, ऐसी जगह पर कौन लौटना चाहेगा जहाँ मौत सड़कों पर नाचती है, जहाँ स्थानीय लोग असुरक्षित हैं और आर्थिक रूप से अपने अस्तित्व को बनाने लिए कोई रोज़गार मौजूद नहीं हैं।

ज़्यादातर पंडितों की तरह, ख़ासकर पुरानी पीढ़ी के, अब भी मेरे कश्मीरी मुस्लिम दोस्त हैं। मेरे मामले में, इनमें से कई लोगों के साथ मेरे रिश्ते 2000 के बाद कायम हुए हैं।

उन्होंने मेरे दर्द को समझा और मैंने उनके, फिर भी विडंबना यह है कि इस दुख के बारे में हम कुछ नहीं कर सकते हैं। जब इतिहास के पन्नों को खून में डुबोया जा रहा हो और नफ़रत और विभाजन को बढ़ाने वाले सभी फ़ैसलों के पीछे राजनीति ही एकमात्र ताक़त हो, तो उस खाई को पाटना असंभव हो जाता है।

जब आप एक जटिल मानवीय त्रासदी को आरोप-प्रत्यारोप के खेल में तब्दील

कर देते हैं और उन आरोपों से प्रभावित होकर अपनी प्रतिक्रियाओं को आकार देते हैं और फिर उसके ही अनुसार अपना मत देते हैं कि आप किस समुदाय से हैं, तब आप एक बड़ी तबाही की तरफ़ बढ़ रहे हो सकते है।

जब से मैं पैदा हुआ, तब से कश्मीर एक राजनीतिक समस्या है, जिसे पहले विभाजन ने बढ़ाया और उसके बाद महाराजा हरि सिंह के डोगरा शासन ने उसे आकार दिया। बाद के युग को कई इतिहासकारों ने समझाया है, लेकिन इतिहासकार मृदु राय ने अपनी पुस्तक *हिंदू शासक, मुस्लिम विषय* में इसे जितने विस्तार और बेहतर तरीक़े से समझाया, उतने बेहतर ढंग से इसे अभी तक किसी ने नहीं समझया है।

कश्मीर मुद्दे पर मेरी अपनी प्रतिक्रियाएं और कश्मीरी पंडितों के प्रवास के मद्देनज़र, मेरे पिता के व्यापक धर्मनिरपेक्ष दृष्टिकोण ने मेरी समझ को आकार दिया। उस समय मेरे कई युवा रिश्तेदारों के विपरीत, मेरे पिता के दिल में 'अन्य' के लिए मोहब्बत थी और नफ़रत कभी नहीं रही थी। उनके लिए, शेख़ अब्दुल्लाह , 1947 के बाद कश्मीर के पहले प्रधानमंत्री और नेशनल कॉन्फ्रेंस के संस्थापक थे, जो हिंदुओं के रक्षक थे।

हरि सिंह द्वारा हस्ताक्षरित कश्मीर से मिलन का दस्तावेज़ (Instrument of Accession) कई शर्तों के साथ लाया गया था, संविधान का अनुच्छेद 370 उनमें से एक था। एक वादा किया गया था कि इस क्षेत्र में शांति स्थापित होने के बाद जनमत संग्रह होगा। कश्मीरियों को मतपत्र के माध्यम से अपना भविष्य तय करने का अधिकार दिया जाएगा। यह विश्वास का वह अनुच्छेद है, जिसने जम्मू-कश्मीर को विशेष दर्जा दिया था, जिसे भारत सरकार ने 5 अगस्त 2019 को क्रूर तरीक़े से समाप्त कर दिया।

जो मेरे पिता ने मुझे बताया था, मेरे बचपन की यादें और कश्मीर की मेरी यात्रा मुझे दोबारा से अपना मन बनाने का कोई कारण नहीं देती हैं। मैं जानता था और मैं ख़ुद यह सब देख सकता था कि कश्मीरी मुसलमानों को बहुत शिकायतें थीं और उनके दिल में आज़ादी की चाहत थी।

एक अल्पसंख्यक होने के बावजूद, हम कश्मीरी पंडित घाटी में महलनुमा घरों में रहते थे, हमने नौकरशाही, कॉलेजों और अस्पतालों को नियंत्रित किया हुआ था . . . 1989 के बाद यह बदल गया, जब 'विशेषाधिकार प्राप्त' अल्पसंख्यक 'शरणार्थी' बन

गए। एक कठोर दक्षिणपंथी सरकार के सत्ता में आने से, भारतीय मानचित्र पर कश्मीर का महत्व केवल एक बिंदु की तरह सिमट कर रह गया है।

मेरे जैसे बहुत से लोग दुखी और हैरान रह गए हैं, जिस तरह से इस उद्देश्य को हासिल करने की कोशिश की गई है, वह भी एक ऐसे देश के लोगों के व्यापक समर्थन से, जो *वसुधैव कुटुम्बकम* कहते हुए कभी नहीं थकता या दुनिया को एक परिवार मानता है, और उस बुद्ध की भूमि होने का दावा करता है जो मानता था कि केवल करुणा के जरिए, आप निर्वाण को प्राप्त कर सकते हैं। चाहे वह आपका शत्रु ही क्यों न हो।

एक राज्य की पूरी की पूरी आबादी को उनके घरों में बंद कर देना, उनके राजनीतिक नेताओं को गिरफ़्तार कर लेना, किसी भी तरह के विरोध को कुचलने के लिए हज़ारों सैनिकों को उतार देना, और फिर उनके सभी संचार माध्यमों को समाप्त कर देना वह भी उन्हें विश्वास में लिए बिना, यह मोदी सरकार द्वारा एक अकल्पनीय कायरता का काम है और इसकी कड़ी से कड़ी निंदा की जानी चाहिए।

जब मैं उन लाखों लोगों की चिंता के बारे में सोचता हूँ जो डर के साये में रह रहे हैं, जो अपने घरों में यह सोच रहे हैं कि उनके भाग्य में आगे क्या लिखा है, उस बूढ़े आदमी की याद जो मुझे अपने दर्दनाक बचपन की फिर से याद दिलाती है। मैं अब उसकी आँखों में नहीं देख सकता।

न्यूज़क्लिक, 08 अगस्त 2019

4.

जम्मू-कश्मीर को केंद्र शासित प्रदेश बनाना संघवाद की अवधारणा के विपरीत

एलोरा पुरी

धारा 370 के समाप्त किए जाने के पीछे सरकार ने अनेक कारण दिए। पर क्या ये सवाल वाक़ई जायज़ हैं? इस लेख में ऐसे कई बिंदुओं पर नज़र डाल रही हैं एलोरा पुरी।

* * *

भारतीय जनता पार्टी (बीजेपी) को लोकसभा में जिस तरह का बहुमत हासिल है और जिस चतुराई से वह राज्य सभा को मैनेज कर पा रही है, उस हिसाब से यह केवल समय की बात थी कि प्रधानमंत्री नरेन्द्र मोदी और गृह मंत्री अमित शाह की अगुवाई में सरकार अनुच्छेद 370 को ख़त्म करने के लिए विधेयक पेश करती। ऐसा करना भारतीय जनसंघ के ज़माने से ही उसका बुनियादी वादा रहा है। हालाँकि जिस जल्दबाज़ी से 5 अगस्त को भारतीय संविधान में जम्मू-कश्मीर राज्य को विशेष दर्जा प्रदान करने वाले प्रावधानों को बेअसर करके धारा 370 को रद्द करने के लिए राष्ट्रपति का आदेश लाया गया, उसने सबको चौंका दिया।

राजनीतिक बहस, चर्चा, सहमति और असहमति के लिए अनुमति देने की संसदीय बारीकियों की अनदेखी के अलावा कई क़ानूनी और संवैधानिक सवाल हैं जो इस फ़ैसले ने उठाए हैं। इनमें से कुछ सवाल पुराने हैं और कुछ नए। क्या राष्ट्रपति का

आदेश संविधान में इतना कठोर परिवर्तन कर सकता है? वास्तव में हमारी संसदीय प्रणाली में कार्यपालिका और विधायिका का संतुलन क्या है? देश के संघीय ढाँचे को बदलने में केंद्र सरकार कितनी स्वतंत्रता का इस्तेमाल कर सकती है, ख़ासकर उन फ़ैसलों में जो संघ को विषम बनाते हैं?

जैसा कि इन सवालों पर बहस और चर्चा होती है, आइए देखते हैं कि इस फ़ैसले में सरकार ने अपने कथित सिद्धांतों का कितना पालन किया।

अनुच्छेद 370 ने भारतीय संघ को कमज़ोर कर दिया

सबसे पहले यह तर्क दिया गया कि अनुच्छेद 370 की मौजूदगी ने भारतीय संघ को कमज़ोर कर दिया। कश्मीर के लिए अलग झंडे और संविधान ने उस विचार को चुनौती दी, जो संयुक्त और एक राष्ट्र का निर्माण करता है। सच्चाई यह है कि विषमता भारतीय संघ की बुनियाद है, चाहे वह नागालैंड और मेघालय हो या महाराष्ट्र और गुजरात।

इसके अलावा, यह बताने के लिए बहुत सारे सबूत हैं कि इस तरह की विषमता जो – इतिहास, संस्कृति और भूगोल को ध्यान में रखती है, वह राजनीतिक प्रतिनिधित्व, बेहतर और अधिक सहभागी शासन सुनिश्चित कर सकती है और इसके कारण अलगाववादी राजनीति की संभावना कम रहती है। खुद भारत अपने पड़ोस नेपाल और श्रीलंका में इसकी वक़ालत कर रहा है।

कश्मीर में महिलाओं के अधिकार और बाहरी लोगों पर प्रतिबंध

इसके अलावा विवाद यह था कि अनुच्छेद 35ए के माध्यम से जम्मू-कश्मीर के नागरिकों के समान अधिकारों का इस्तेमाल करने से बाहरी लोगों को प्रतिबंधित करना। अनुच्छेद 370 बाहरी लोगों को इस अधिकार से वंचित करता है।

इसकी मौजूदगी ने विशेष रूप से यहाँ की उन महिला नागरिकों के अधिकार के ख़िलाफ़ विरोध किया, जिन्होंने राज्य के ग़ैर-नागरिकों से विवाह किया। यह सच है कि बाहरी लोग ज़मीन नहीं ख़रीद सकते थे या राज्य में हिस्सेदारी नहीं रख सकते थे लेकिन

इस तरह के प्रावधान देश के अन्य हिस्सों में भी मौजूद हैं ख़ासकर पाँचवीं और छठी अनुसूचियों के तहत आने वाले क्षेत्रों में।

वास्तव में संसद में बीजेपी के साथ मतदान करने वाले कई दल भारत में जन्मज राजनीति के सबसे बड़े समर्थक रहे हैं। शिवसेना और असम गण परिषद (एजीपी) जैसे दलों की राय बाहरी लोगों के ख़िलाफ़ 'मिट्टी के अपने बेटे' के अधिकारों की रक्षा करने की रही है ।

जहाँ महिलाओं के अधिकारों की बात आई, तो यह तर्क ठोस आधार पर था। यह सही है की अंतिम क्षणों तक कश्मीर स्थित मुख्यधारा के राजनीतिक दलों ने कानून को जेंडर न्यूट्रल बनाने से इनकार किया।

कश्मीर में उद्योग एवं व्यावसायिक हित

एक अन्य सुझाव यह था कि अनुच्छेद 370 के कारण राज्य में व्यवसाय का प्रसार और औद्योगिकीकरण नहीं हुआ। कहा गया कि यह रोज़गार सृजन और राज्य के आर्थिक विकास में बाधा बन गया था।

यह सच हो सकता है, लेकिन मैं यह तर्क दूँगी कि यह अनुच्छेद 370 की तरह राजनीतिक संघर्ष का एक कार्य था। ये राजनीतिक संघर्ष पिछले तीस वर्षों में गहराया है। 'ईज़ ऑफ़ बिज़नेस' के लिए इस क्षेत्र में निवेशकों की रुचि के लिए अपेक्षित शांति की आवश्यकता होती है।

दरअसल, राज्य से भूमि को पट्टे पर देकर भी अनुच्छेद 370 के तहत उद्योगों की स्थापना की जा सकती है, जैसे कि हिमाचल प्रदेश में होटल मालिकों को ज़मीन पट्टे पर दी जाती है। जम्मू के हिंसा-मुक्त क्षेत्रों में पहले से ही औद्योगिक निवेश हैं।

लद्दाख और जम्मू के ख़िलाफ़ भेदभाव रोकने के लिए संघशासित प्रदेश का दर्जा

जम्मू-कश्मीर के संबंध में अनुच्छेद 370 के ख़िलाफ़ एक तर्क यह दिया गया था कि इसने ग़ैर-कश्मीरी क्षेत्रों में भेदभाव बढ़ाया है। सच्चाई यह है कि इस अनुच्छेद में ऐसा

कुछ भी नहीं था जो इस तरह के भेदभाव को जन्म देता हो। लेकिन पिछले 70 सालों में, राज्य की राजनीति ने इस तरह की भूमिका अदा की जिसके परिणामस्वरूप लद्दाख और जम्मू के क्षेत्रों में असमान विकास, राजनीतिक शक्ति के असमान वितरण और भेदभाव का एहसास रहा।

इस अनुच्छेद के सबसे मुखर विरोधी और इसके उन्मूलन के प्रस्तावक राज्य के हिंदू-बहुल क्षेत्र के लोग थे। दरअसल, सरकार के इस फ़ैसले का जश्न मनाते, उत्साह से भरे पुरुष व महिलाओं को दिखाने वाली मीडिया में प्रकाशित की गई तस्वीरें, जम्मू की हैं। लेकिन क्या जम्मू के हिंदू निवासियों को वास्तव में विभाजन और विशेष दर्जा हटाने से फ़ायदा हुआ है?

यह सुनिश्चित करने के लिए कि राज्य में शक्ति संतुलन समान हो, किन प्रावधानों को रखा जाएगा? राज्य को केंद्र शासित प्रदेश बनाने के साथ जम्मू को अधिक राजनीतिक शक्ति देने की मांग को कैसे संबोधित किया जा रहा है? वास्तव में जो हुआ है वह ठीक इसके विपरीत है।

केंद्र द्वारा प्रत्यक्ष शासन नौकरशाही तंत्र द्वारा विशेष रूप से चलाया जाता है, यह न तो पर्याप्त राजनीतिक प्रतिनिधित्व देता है और न ही यह सहभागी शासन सुनिश्चित करता है। इस पूरी क़वायद ने न सिर्फ़ कश्मीर बल्कि जम्मू को भी मताधिकार से वंचित और शक्तिहीन कर दिया है।

ये तर्क गृह मंत्री अमित शाह ने धारा 370 को ख़त्म करने और राज्य का विभाजन करने के पक्ष में संसद में उठाया था। जम्मू-कश्मीर पुनर्गठन विधेयक पेश करते हुए 'उद्देश्य तथा कारण' में कहा गया कि लद्दाख को केंद्र शासित प्रदेश बनाना यहाँ के लोगों की लंबे समय से चली आ रही आकांक्षा को पूरा करता है। और सीमा-पार आतंकवाद से आंतरिक सुरक्षा के लिए आवश्यक है कि जम्मू-कश्मीर को एक अलग केंद्र शासित प्रदेश बनाया जाए।

हालाँकि, सुरक्षा कारणों के चलते जम्मू-कश्मीर को केंद्र शासित प्रदेश बनाने का तर्क समीक्षा योग्य नहीं है। संघर्ष का केंद्र, संपूर्ण कश्मीर घाटी वर्तमान में क़िला बना हुआ है क्योंकि सरकार को हिंसक गतिविधियों की आशंका है।

यह दावा कैसे किया जा रहा है कि सरकार ने सुरक्षा जोखिमों को कम कर दिया

है? घाटी में असंतोष को कैसे संबोधित किया जाएगा? इस क्षेत्र में युवाओं की बढ़ती कट्टरता को दूर करने में इससे कैसे मदद मिलेगी?

वास्तव में जम्मू-कश्मीर में संघर्ष जारी है और हिंसा का ख़तरा अभी भी ज्यों का त्यों है। भारत में, इस फैसले के कारण राज्य-केंद्र संबंधों और संघीय प्रयोग को एक ज़बर्दस्त झटका लगा है।

न्यूज़क्लिक, 08 अगस्त 2019

5.

अनुच्छेद 370 की उत्पत्ति में निहित यूफ़ोरिया और आदर्शों के साथ धोखा

वजाहत हबीबुल्लाह

कश्मीर आंदोलन दरअसल कश्मीर को तानाशाही से मुक्त करवाने का आंदोलन था। कश्मीर की जनता ने संघर्षों के बाद ही भारत में विलय का फ़ैसला लिया था। क्या था कश्मीर के भारत में विलय होने का इतिहास? आइए नज़र डालते हैं।

* * *

संविधान में अनुच्छेद 370 की परिकल्पना मूलतः जम्मू और कश्मीर रियासत के भारत में विलय और भारत से उसके संबंध के विषय को नियंत्रित करने के लिए की गई थी। इससे कश्मीर को उसका विशेष और स्वायत्त दर्जा मिला। फ़ारुक़ अब्दुल्लाह, महबूबा मुफ़्ती व कश्मीर के मुख्यधारा के अन्य राजनेताओं ने यह चेताया कि इस अनुच्छेद को हटाने से राज्य का भारत से संबंध टूट जाएगा। 1989-90 के विद्रोह के बाद से ही अलगाववादी यह कहते आए हैं कि इस अनुच्छेद में एक के बाद एक संशोधन कर इसे लगभग बेमानी ही बना दिया गया है।

अगर ऐसा माना जा रहा है कि राज्य के रूप में जो कुछ भी यहाँ बचा है उसे केंद्र के अधीन कर यहाँ चल रही हिंसा को प्रभावी रूप से रोका जा सकता है तो यह नरसिम्हा राव की सरकार के निष्कर्षों के बिल्कुल उलट होगा। उस सरकार के दौरान ही जम्मू-कश्मीर में केंद्र के लंबे शासन (1990 से 1996 के बीच) का अंत हुआ था। अनुभव

और क़रीबी अध्ययन के आधार पर उस सरकार ने यह महसूस किया कि जनता के समर्थन के बिना शांति स्थापित करना नामुमकिन है हालाँकि लगातार कई बेहतरीन राज्यपालों ने लोगों का विश्वास जीतने के प्रयास किए लेकिन वे नाकामयाब रहे।

विशेष दर्जे का इतिहास

1947 में उस समय के अविवादित कश्मीरी नेता और एक धर्मनिष्ठ मुसलमान शेख़ अब्दुल्लाह के सामने दो स्पष्ट रास्ते थे। या तो वे एक मुस्लिम राष्ट्र में शामिल हो जाएँ या एक धर्मनिरपेक्ष राष्ट्र में, जहाँ कश्मीरियों की विशिष्ट अस्मिता को महफ़ूज़ रखा जा सकता था। भारत के तत्कालीन प्रधानमंत्री जवाहरलाल नेहरू ने भी उनके चुने हुए विकल्प पर उन्हें आश्वस्त किया। नेहरू को अपनी निजी कश्मीरी विरासत बहुत प्रिय थी और भारत कैसा होना चाहिए इसे लेकर उनके ख़याल समावेशी थे। नेहरू उस समय एक नए-नए उभर रहे मुस्लिम राष्ट्र के नेता मोहम्मद अली जिन्ना से उलट थे। जिन्ना की छवि एक रूखे और फ़ासला बनाए रखने वाले नेता की थी, एक आधुनिकतावादी, जिसका रोब तो ख़ूब दिखता है लेकिन उससे लगाव नहीं होता।

जम्मू-कश्मीर रियासत के विलय के समय, कश्मीर में ही अब्दुल्लाह की नेशनल कॉन्फ्रेंस को किसान वर्ग के बीच पूर्ण समर्थन प्राप्त था। राज्य के पीर पंजाल क्षेत्र में ही उस समय जिन्ना की मुस्लिम लीग को समर्थन प्राप्त था, इस इलाक़े में मीरपुर और जम्मू-कश्मीर के सामंती राज की पुरानी पुन्छ रियासत शामिल थी। जहाँ मुस्लिम कॉन्फ्रेंस वर्चस्व रखती थी आज इसका बड़ा हिस्सा पाकिस्तान के कब्ज़े में है और वो इसे 'आज़ाद कश्मीर' कहता है।

इसलिए यह याद रखना ज़रूरी है कि कश्मीर आंदोलन दरअसल कश्मीर को तानाशाही से मुक्त करवाने का आंदोलन था। इसने राष्ट्रीय आंदोलन के साथ मिलकर काम किया लेकिन यह उसका हिस्सा नहीं था। मुख्यतः यह एक कश्मीरी आंदोलन था, जिसे लगभग संपूर्ण राज्य का समर्थन था क्योंकि वहाँ कश्मीरी ही बहुसंख्यक की पहचान थी।

जम्मू-कश्मीर के तत्कालीन शासक हरि सिंह के प्रधानमंत्री रामचंद्र काक के

भरसक प्रयासों के बावजूद शेख़ अब्दुल्लाह ने स्वतंत्र रहने का समर्थन नहीं किया और राज्य से राजशाही ख़त्म करने की अपनी मांग पर अडिग रहे। भारत के वायसराय माउंटबेटन ने हरि सिंह को बहुत समझाया कि वे स्वतंत्र रहने की घोषणा न करें। उन्होंने सरदार वल्लभभाई पटेल का संदेश भी हरि सिंह तक पहुँचाया कि 'राज्य विभाग यह आश्वासन देने को तैयार है कि अगर कश्मीर पाकिस्तान के साथ जाता है तो भारत सरकार इसे अमित्रवत क़दम नहीं मानेगी।'

लेकिन फिर जम्मू और कश्मीर की सरकार को ब्रिटिश इंडियन आर्मी की सेवामुक्त छठी पंजाब टुकड़ी द्वारा पुन्छ जिले के सरहदी इलाक़े में विद्रोह का सामना करना पड़ा। इसके बाद 22 अक्टूबर 1947 को सीमांत क़बीलों ने राज्य के सरहदी क़स्बे दोमेल से घुसपैठ की, जो बाद में पीछे भी हट गए। इसी से मायूस होकर आनन-फानन में महाराजा ने भारत का रुख़ किया।

1941 की जनगणना में यह सामने आया कि जम्मू-कश्मीर की आबादी में 77.11% मुसलमान, 20.12% हिंदू और 1.64% सिख थे। पाकिस्तान का तर्क था कि बँटवारे के उसूल के हिसाब से इसे पाकिस्तान का हिस्सा होना चाहिए। लेकिन पाकिस्तान ने सैन्य अतिक्रमण का रास्ता चुना और पाकिस्तानी सेना की मदद से सीमांत क़बीलों ने घुसपैठ की कोशिश की, जिसके बाद पाकिस्तान ने अपने ही दावे को कमज़ोर कर दिया, ख़ासतौर से कश्मीरियों की आँखों में, जिन्होंने उन घुसपैठियों का सामना किया।

भारत का दावा जनता की इच्छा पर निर्भर था। फ़रवरी 1948 में संयुक्त राष्ट्र में संविधान प्रारूप समिति के सदस्य रहे गोपालस्वामी अय्यंगर नीत प्रतिनिधि मंडल में शामिल शेख़ अब्दुल्लाह ने कश्मीर की ओर से वक्तव्य दिया, जिसमें अनुच्छेद 370 का भी ज़िक्र था। अब्दुल्लाह ने सशक्त तौर पर संयुक्त राष्ट्र में घोषणा की कि 'हमें पाकिस्तान में शामिल होने की बजाय मौत मंज़ूर है। हमारा ऐसे देश से कुछ लेना-देना नहीं।'

शेख़ ने औपचारिक रूप से घोषणा की कि उनके सामने जो विकल्प हैं उनमें सच्ची आज़ादी भारतीय संघ का हिस्सा बनकर ही हासिल हो सकती है। संविधान ने यह सुनिश्चित किया और जो अमल में आया अनुच्छेद 370 से, जिसे जब अनुच्छेद

369 के साथ पढ़ा गया तो इससे संसद को जम्मू और कश्मीर के लिए क़ानून बनाने का अस्थायी अधिकार मिला।

विशेष दर्जे को अंतिम रूप कैसे मिला

यह इतिहास अनुच्छेद 370 की उप-धारा 3 पर निर्भर है जिसमें कहा गया है कि केवल जम्मू और कश्मीर की संविधान सभा की सलाह पर ही राष्ट्रपति यह अनुच्छेद रद्द कर सकता है। यह संविधान सभा 1957 में भंग कर दी गई थी और इसकी जगह विधान सभा का गठन किया गया था। इस विधान सभा को पिछले साल ख़ारिज कर दिया गया क्योंकि बीजेपी-पीपल्स डेमोक्रेटिक पार्टी (पीडीपी) के गठबंधन वाली सरकार गिर गई और राज्यपाल सत्य पाल मलिक ने एक वैकल्पिक गठबंधन की सरकार बनाने के दावे को ठुकरा दिया।

अनुच्छेद 370 के तहत जम्मू-कश्मीर का अपना एक संविधान और क़ानून था, इसके साथ ही भारत के राष्ट्रपति को यह निर्णय लेने का अधिकार था कि भारतीय संविधान के कौन से प्रावधान वहाँ लागू होंगे, लेकिन राज्य की अनुमति के साथ। 5 अगस्त को राज्य सभा में गृह मंत्री अमित शाह के वक्तव्य के बाद राष्ट्रपति रामनाथ कोविंद ने यह घोषणा कर दी कि अब भारतीय संविधान के सभी प्रावधान जम्मू-कश्मीर पर लागू होंगे, जिससे अनुच्छेद 370 की ही मदद से उसे निरस्त कर दिया गया।

इससे जम्मू-कश्मीर का स्वायत्त दर्जा ख़त्म हो गया जो उसे तब से प्राप्त था जब से भारत के संविधान का ऐलान हुआ था। तव्वजोह देने वाली बात यह है कि राष्ट्रपति के आदेश में संविधान के अनुच्छेद 367 को संशोधित किया गया, जहाँ 'संविधान सभा' को 'राज्य की विधान सभा' के तौर पर पढ़ा गया और राज्य सरकार का अर्थ राज्यपाल माना गया। ऐसा कर राष्ट्रपति अनुच्छेद 370 को रद्द कर पाए क्योंकि राज्यपाल की सहमति को ही राज्य की सहमति के तौर पर पेश कर दिया गया।

इस तरह जिन लोगों के लिए यह संविधान बनाया गया था उन्हें नज़रअंदाज़ कर दिया गया। इन उपायों की संवैधानिक वैधता पर तो सर्वोच्च न्यायालय ही विचार करेगा। लेकिन फ़िलहाल यह दावा किया जा रहा है कि ये बदलाव लोगों के फ़ायदे के

लिए किए गए हैं। तो ऐसा क्यों हुआ कि इन बदलावों को चोरी-छिपे संसद के सामने पेश किया गया जबकि कश्मीर में पूर्व मुख्यमंत्री उमर अब्दुल्लाह, उनके पिता फ़ारुक़, पीडीपी प्रमुख महबूबा मुफ़्ती और बीजेपी के मित्र सज्जाद लोन सहित सभी मुख्यधारा के राजनेता अपने-अपने घरों में गिरफ़्तार थे और पूरा कश्मीर नज़रबंद?

इसके बाद जम्मू-कश्मीर पुनर्गठन विधेयक, 2019 द्वारा राज्य को दो केंद्र शासित प्रदेशों – जम्मू-कश्मीर तथा लद्दाख – में बाँट दिया गया, यह दोनों ही क्षेत्र मुस्लिम बहुल हैं। जम्मू-कश्मीर केंद्र शासित प्रदेश की एक विधान सभा होगी लेकिन लद्दाख की नहीं। हालाँकि पहले भी केंद्र शासित प्रदेशों को राज्यों का दर्जा दिया गया है लेकिन किसी राज्य का दर्जा गिराकर उसे केंद्र शासित प्रदेश नहीं बनाया गया।

जम्मू-कश्मीर के परिग्रहण के लिए काफ़ी दबंग क़दम उठाए गए हालाँकि यह परिग्रहण वैसा नहीं था जिसके ख़्वाब देखे गए थे। अगर सरकार सिर्फ़ एक संवैधानिक भूल को ठीक करना या अराजकता का उपाय करना चाहती थी तो क्या यह ज़रूरी नहीं था कि इस प्रस्ताव को उस जनता के सामने रखा जाए, जिस पर इसका सबसे ज़्यादा असर पड़ने वाला था? क्यों इस लोकतांत्रिक अनिवार्यता का पालन नहीं किया गया?

संसद के सामने आने से पहले कश्मीर पर जो पाबंदियाँ लगाई गईं, वो जगमोहन सरकार द्वारा लगाई पाबंदियों से भी ज़्यादा सख़्त थीं जो विद्रोह को दबाने के लिए मजबूरन लगाई गई थीं। यह बहुत पहले से चली आ रही आम राय थी कि ऐसा करना कश्मीरी जनता के मत को कुचलना और वहाँ मौजूद दूरियों को और बढ़ाना होगा।

न्यूज़क्लिक, 08 अगस्त 2019

6.

अनुच्छेद 370 के धीरे-धीरे ख़ात्मे ने ही कश्मीर की परेशानियों को बढ़ाया है : राधा कुमार

रश्मि सहगल

केंद्र सरकार ने संविधान द्वारा सुनिश्चित जम्मू और कश्मीर के विशेष दर्जे को ख़ारिज कर दिया है और राज्य को दो केंद्र शासित प्रदेशों में बाँट दिया है। इतिहासकार राधा कुमार को मनमोहन सिंह की सरकार के दौरान तीन बार मध्यस्थता के लिए नियुक्त किया गया था, और वे पिछले दो दशकों से कश्मीर के घटनाक्रम को क़रीब से देख रही हैं। उनकी किताब पैराडाइज़ ऐट वॉर (Paradise at War; जन्नत में जंग) इस क्षेत्र की राजनीति का एक समग्र दस्तावेज़ है। इस साक्षात्कार में उन्होंने कहा कि 'राज्य के राजनेता भले ही कमज़ोर, भ्रष्ट और चालाकी में फँसने वाले हों लेकिन वे लोकतंत्र के वायदे की (राज्य की) एक कड़ी हैं।' राधा के मुताबिक़ कश्मीरियों को यूँ जबरन ख़ामोश करने से घाटी में असंतोष बढ़ेगा और वे यह भी बता रही हैं कि शासन के लिए जनता के चुने हुए प्रतिनिधि भी बेहद ज़रूरी हैं न कि सिर्फ़ राज्यपाल। साक्षात्कार के संपादित अंश –

* * *

रश्मि : अनुच्छेद 370 को हटाया जाना राष्ट्रीय स्वयंसेवक संघ (आरएसएस) और भारतीय जनता पार्टी (बीजेपी) की पुरानी मांग रही है। लेकिन नरेन्द्र मोदी सरकार को जम्मू-कश्मीर का दर्जा बदलने की ऐसी क्या जल्दी थी?

राधा कुमार : मौजूदा सरकार के इस क़दम के तीन अंग हैं : समय, शक्ति और कपट। सरकारी वक्ताओं से अब तक इस क़दम के समय को लेकर कोई विश्वसनीय जवाब आना बाक़ी है। यह तो साफ़ है कि वे संसद के शीतकालीन सत्र तक रुकना नहीं चाहते थे लेकिन इतनी जल्दी के पीछे कोई कारण नज़र नहीं आता। हमें बड़े अस्पष्ट तरीक़े से बताया जा रहा है कि सुरक्षा को कोई बड़ा ख़तरा था, लेकिन यह नहीं बताया जा रहा कि कैसा ख़तरा। यह भी नहीं बताया जा रहा कि अनुच्छेद 370 को रद्द करने और जम्मू-कश्मीर का दर्जा कम कर उसे दो केंद्र शासित प्रदेश बना देने से क्या होगा!

सुरक्षा पहले ही केंद्र के हाथों में थी, तो मोदी सरकार के पास यूँ ही पूरा अधिकार था कि सुरक्षा के मद्देनज़र जैसा चाहे वैसा इंतज़ाम कर सकती थी। हमें यह भी नहीं बताया जा रहा कि जो तरीक़ा अपनाया गया वह क्यों ज़रूरी था, क्यों नेशनल कॉन्फ्रेंस (एनसी) और पीपुल्स डेमोक्रेटिक पार्टी (पीडीपी) के नेताओं को गिरफ़्तार किया गया और उन्हें पूर्व-सतर्कता के तहत हिरासत में रखा गया, क्यों घाटी में 40,000 सैनिकों को तैनात किया गया और उसे पूरी तरह क़ैद कर दिया गया। ज़ाहिर है कि वे जानते थे कि इस अलोकप्रिय क़दम का बहुत ज़्यादा विरोध होगा और इसे रोकने के लिए उन्होंने भारी संख्या में सेना भेजने जैसे कठोर क़दम भी उठाए। इसमें वहाँ के नागरिकों के साथ ज़बर्दस्ती किए जाने का ख़तरा तो है ही, साथ ही यह केंद्रीय रिज़र्व पुलिस बल का दुरुपयोग भी है।

तीसरा अंग यानी कपट, बाक़ी के दोनों अंगों को एक धागे में बाँधता है। जम्मू-कश्मीर की आबादी के एक बड़े हिस्से की इच्छा के ख़िलाफ़ जाकर अनुच्छेद 370 को बलपूर्वक रद्द करने की मंशा थी जो कि बिना कपट के पूरी नहीं की जा सकती थी। अगर सरकार की यह ख़बर बाहर आ गई होती तो तुरंत ही राज्य और देश के अन्य हिस्सों में विरोध प्रदर्शन शुरू हो जाते। यही चिंता अंतर्राष्ट्रीय जगत के लिए भी थी। अगर यह ख़बर किसी तरह बाहर निकल जाती तो अंतर्राष्ट्रीय समुदाय से सरकार के पास कई चिंताओं और सलाह की अभिव्यक्तियाँ आ चुकी होतीं।

दुःख की बात है कि प्रधानमंत्री ने 8 अगस्त के अपने भाषण में न तो इसका जवाब दिया कि 'अब ही क्यों' और न ही इसका कि 'इस तरीक़े से क्यों'। न ही

उन्होंने संवैधानिक औचित्य तथा लोकतांत्रिक नियमों से जुड़े सवालों के जवाब दिए।

रश्मि : एक राज्य को दो केंद्र शासित प्रदेशों में बाँट देने का निर्णय इससे पहले कभी नहीं लिया गया। इसे देश के संघीय ढाँचे पर एक प्रहार के तौर पर देखा जा रहा है। क्या आप इस विचार से सहमत हैं?

राधा कुमार : जहाँ तक मेरी सोच जाती है, किसी राज्य का दर्जा गिराकर उसे केंद्र शासित प्रदेश बना देने का यह पहला मामला है। यह सही है कि इससे एक बेहद ख़तरनाक मिसाल पेश होगी क्योंकि इससे सरकार को यह छूट मिल जाएगी कि जिस भी राज्य से उसकी खटपट हुई वो वहाँ यही तरीका अपना सकते हैं, और उन्हें इतना चरम क़दम उठाने के पीछे कोई वजह भी नहीं देनी होगी जैसे कि इस बार भी नहीं दी गई। मुझे बड़ा अचंभा है ये देखकर कि कई क्षेत्रीय दलों ने (केंद्र के) इस क़दम का समर्थन किया।

लेकिन, देश के संघीय ढाँचे पर प्रहार जम्मू-कश्मीर पुनर्गठन क़ानून से नहीं बल्कि राष्ट्रपति के आदेश या सरकार द्वारा इसकी व्याख्या से हुआ है। सरकार के मुताबिक़ राष्ट्रपति के आदेश में जिस 'विधान सभा' का ज़िक्र है उसकी जगह 'राज्यपाल' ले सकता है। लेकिन राज्यपाल राष्ट्रपति द्वारा मनोनीत होता है और राज्य में भारत सरकार का नुमाइंदा। राज्य की जनता की राय का प्रतिनिधित्व वहाँ की विधान सभा करती है। ये दोनों एक-दूसरे की जगह नहीं ले सकते क्योंकि ये इन दोनों की ज़िम्मेदारी है, एक-दूसरे के काम की निगरानी करना। यही है संविधान में पारिभाषित हमारे संघीय ढाँचे का मूल स्वरूप। दूसरे शब्दों में, अनुच्छेद 370 में किसी भी तरह के फ़ेरबदल के लिए जम्मू-कश्मीर के चुने हुए क़ानून बनाने वालों की सहमति ज़रूरी है, न कि सिर्फ़ वहाँ की सरकार की।

रश्मि : अब जम्मू-कश्मीर के संविधान का क्या होगा? क्या राष्ट्रपति के आदेश से यह निरस्त हो गया है? या ऐसा सिर्फ़ विधान सभा कर सकती है?

राधा कुमार : व्यावहारिक स्तर पर मैं ख़ुद भी काफ़ी चिंतित हूँ। घाटी में आबादी वाले हिस्सों में कब तक इतनी बड़ी तादाद में सुरक्षा बल तैनात रहेंगे? 2004 से 2013 के बीच हमने घाटी में लगातार सुरक्षा बलों और मरने वालों की संख्या घटती हुई देखी। 2014 से हमने हिंसा में बढ़ोतरी देखी लेकिन फिर भी सुरक्षा बलों

की तैनाती कम ही रही। अब अगर विरोध प्रदर्शनों को रोकना ही मकसद है तो हमें आगे भी बड़ी संख्या में सुरक्षा बलों की मौजूदगी दिखेगी और कश्मीरी ज़्यादा अलगाव महसूस करेंगे। इसके दूरगामी पहलू देखें तो, केंद्र शासित प्रदेश हमेशा कम आबादी वाले छोटे क्षेत्र रहे हैं, इसके पीछे अच्छी वजह भी है कि बड़ी आबादी को सिर्फ़ प्रशासकों के सहारे नहीं संभाला जा सकता, भले ही वे चुनी हुई पंचायत के रूप में ही क्यों न हों। चुने हुए प्रतिनिधि और उनके कैडर शासन का एक और स्तर तैयार करते हैं जो बेहद ज़रूरी है।

रश्मि : मोदी सरकार किस तरह के उदाहरण प्रस्तुत कर रही है क्योंकि अन्य कुछ राज्यों को भी विशेष दर्जा प्राप्त है?

राधा कुमार : मोदी सरकार का कहना है कि यह एक असामान्य मामला है, लेकिन उसके नुमाइंदों ने ऐसे कोई क़ानूनी प्रावधान नहीं दिए जिनसे 'असामान्य' को पारिभाषित किया जाए। ज़ाहिर सी बात है कि वे यह संदेश देना चाहते हैं कि विशेष दर्जा और उसके सुरक्षा करने वाले नियमों का उल्लंघन किया जा सकता है।

रश्मि : अनुच्छेद 370 को अमान्य बना देने में दिखी ये जल्दबाज़ी क्या अमेरिकी राष्ट्रपति डोनाल्ड ट्रम्प द्वारा सार्वजनिक तौर से दो बार यह कहे जाने से जुड़ी है कि प्रधानमंत्री मोदी ने उन्हें कश्मीर विवाद में मध्यस्थता के लिए कहा था?

राधा कुमार : मैं उम्मीद करती हूँ कि ऐसा नहीं है – ट्रम्प की बात मूर्खतापूर्ण थी – लेकिन कौन जाने? यह हमें फिर से इस क़दम के समय की ओर ले जाता है।

रश्मि : जम्मू-कश्मीर को दो केंद्र शासित प्रदेशों – लद्दाख और जम्मू-कश्मीर – में बाँटने की भी अपनी समस्याएँ होंगी क्योंकि लद्दाख में विधान सभा नहीं होगी। जम्मू में लोग अलग राज्य की मांग उठा रहे हैं और वे भी शायद इस निर्णय को आसानी से न स्वीकार करें।

राधा कुमार : लेह (लद्दाख के प्रमुख शहरों में से एक) के लोग केंद्र शासित प्रदेश के दर्जे से खुश हैं और कम से कम फ़िलहाल, विधान सभा न होने से उन्हें कोई परेशानी नहीं होगी। लेकिन कारगिल, जो लद्दाख में ही है, वहाँ शिया मुसलमान की आबादी ज़्यादा है और वहाँ लोगों का मत विभाजित होने की संभावना है। जहाँ तक जम्मू की बात है तो वहाँ सिर्फ़ हिंदू बहुल ज़िलों में जो कि मुसलमान बहुल इलाक़ों की

तुलना में कम हैं, सिर्फ़ वहीं घाटी से अलग होने की मांग को भारी समर्थन प्राप्त है। मुसलमान बहुल इलाक़े, मतलब 11 में से 8 ज़िले, संख्या में तो ज़्यादा हैं लेकिन उनके पास हिंदू बहुल इलाक़ों की तुलना में राजनीतिक शक्ति बहुत कम है। उनकी आवाज़ नहीं सुनाई देती, लेकिन मुझे लगता है कि वहाँ के निवासी इन क़दमों से खिन्न और परेशान होंगे।

रश्मि : सामान्य कश्मीरी काफ़ी स्तब्ध है। वे अब तक अपनी राय सार्वजनिक तौर से नहीं रख पाए हैं। क्या वे अब और ज़्यादा अजनबियत महसूस करेंगे?

राधा कुमार : बिल्कुल।

रश्मि : अब जबकि सभी बड़े निर्णय दिल्ली में लिए जाएंगे, आपके हिसाब से राज्य की पुलिस का क्या रवैया होगा क्योंकि अब उन्हें सीधे दिल्ली से आदेश लेने पड़ेंगे?

राधा कुमार : मुझे बहुत झटका लगा एनडीटीवी पर बीजेपी के एक प्रवक्ता को यह कहते हुए सुन कर कि पुलिस समेत समूची घाटी की एक सी मानसिकता है और (उन पर) विश्वास नहीं किया जा सकता। ऐसा उस सुरक्षा बल के लिए जिसने पिछले 30 सालों में अनगिनत लोगों को खोया है। जब से मोदी प्रशासन ने कार्यभार संभाला है, इसकी दर बढ़ी है।

रश्मि : भारत की जनता ने सामान्यतया अनुच्छेद 370 को, जम्मू-कश्मीर को भारत से मिलाने नहीं उससे अलग रखने के साधन के तौर पर देखा है और अनुच्छेद 35ए को ग़ैर-कश्मीरियों के प्रति भेदभाव मानते हैं। वे लोग इस क़दम को मोदी सरकार और देश की जनता के लिए एक महान विजय के रूप में देख रहे हैं। लोगों के नज़रिए और नैरेटिव में इतनी असमानता के पीछे क्या वजह है?

राधा कुमार : लंबे समय से जनता को चुनी हुई जानकारी दी जा रही है। मुझे नहीं पता कितने लोग यह भी जानते हैं कि अनुच्छेद 370 में दरअसल वे प्रावधान दर्ज हैं जिनके आधार पर राज्य का परिग्रहण किया गया और ये भारतीय संघ का हिस्सा बना था? ये इसे देश से अलग रखने का औज़ार नहीं था बल्कि इससे जम्मू और कश्मीर भारतीय संघ का हिस्सा बना था। अनुच्छेद 370 को धीरे-धीरे ख़त्म करने के प्रयासों ने घाटी की परेशानियों को हमेशा ही बढ़ाया है। इसका मतलब ये नहीं कि परिग्रहण के साधन (इंस्ट्रूमेंट ऑफ़ एक्सेशन) के प्रावधानों को स्थायी

बनाने और पुराने हो चुके प्रावधानों के आधुनिकीकरण के लिए इसमें (अनुच्छेद 370) संशोधन नहीं किए जाने चाहिए। लेकिन ऐसा सिर्फ़ राज्य की विधान सभा के निर्णय और उससे बातचीत के ज़रिए ही किया जाना चाहिए। ऐसा नहीं लगता कि जम्मू-कश्मीर में जल्दी चुनाव करवाए जाएँगे, जबकि वहाँ बहुत पहले चुनाव हो जाने चाहिए थे।

रश्मि : जम्मू-कश्मीर में 'मध्यम मार्ग' की जो थोड़ी बहुत गुंजाइश थी, वो अब ख़त्म हो चुकी है। कई कश्मीरियों का कहना है कि उन्हें विशेष दर्जे से कभी कोई फ़ायदा नहीं हुआ। आपको इस बारे में क्या लगता है?

राधा कुमार : हाँ, ये बात सही है कि इस क़दम ने 'मध्यम मार्ग' की सब गुंजाइशें ख़त्म कर दी हैं। मैं इस निराशावाद को नहीं मानती कि इस क़दम से कुछ फर्क पड़ने वाला नहीं। राज्य के नेता भले ही कमज़ोर, भ्रष्ट और चालाकी में फँसने वाले हों लेकिन वे लोकतंत्र के वायदे की (राज्य से) एक कड़ी हैं। जब तक वो वायदा बरक़रार था तब तक परिवर्तन और बेहतरी की कुछ गुंजाइश तो थी। अब केंद्र के सीधे शासन ने उस वायदे को ख़त्म कर दिया है।

रश्मि : एक राज्य का दर्जा कम कर उसे केंद्र शासित प्रदेश बना देना सिर्फ़ भारत के एकलौते मुस्लिम बहुसंख्यक आबादी वाले राज्य में किया गया। इससे मुसलमानों को क्या संकेत देने की कोशिश की जा रही है?

राधा कुमार : देखिए, नफ़रत भरे भाषण और लिंचिंग की घटनाएँ जो पिछले कुछ सालों में बेहद बढ़ रही हैं, वे मुसलमानों को लगातार डर की ओर धकेल रही हैं। इस क़दम से बस इन्हीं संकेतों को पुष्ट किया गया है।

रश्मि : क्या यह घाटी की मौजूदा राजनीतिक पार्टियों का अंत है? और इस सबमें हुर्रियत कहाँ खड़ी दिखती है? (ऑल पार्टीज़ हुर्रियत कॉन्फ्रेंस कश्मीर का एक अलगाववादी समूह है।)

राधा कुमार : जबरन ख़ामोश करने की ये क़वायद राजनीतिक पार्टियों को मज़बूत और हुर्रियत को कमज़ोर भी कर सकती है।

रश्मि : आपको क्या लगता है पाकिस्तान की इस पर क्या प्रतिक्रिया होगी? अमेरिका अभी से दोनों देशों को संयम बनाए रखने के लिए कह रहा है।

राधा कुमार : कुछ मज़ाकिया होने का ख़तरा उठाते हुए मैं कहूँगी की इस क़दम ने अंततः पाकिस्तान को अनुच्छेद 370 को स्वीकार करने पर मजबूर किया क्योंकि इससे पहले वो इसे मानने से इनकार करता आया है। तो अब पाकिस्तानी नेता इस बात से बौखला रहे हैं कि भारत सरकार ने उन संवैधानिक प्रावधानों को बदल दिया जिन्हें अब तक वे अवैध और ग़ैर-क़ानूनी कहते आए हैं।

न्यूज़क्लिक, 09 अगस्त 2019

7.

कश्मीर : अमित शाह के 'विकास' का तर्क धोखे जैसा क्यों है?

प्रभात पटनायक

उद्योग से लेकर आर्थिक विकास, ऐसे अनेक वायदों के साथ कश्मीर के स्वायत्त दर्जे को चोट पहुँचाई गई। क्या धारा 370 के ख़त्म होने से वाक़ई कश्मीर में तथाकथित आर्थिक विकास होगा?

* * *

कश्मीर के विशेष राज्य दर्जे को समाप्त करने के फ़ैसले के समर्थन में अमित शाह ने राज्यसभा में अपने भाषण में कश्मीर के 'विकास' का सवाल उठाया। उन्होंने कहा कि शेष भारत के साथ घनिष्ठ संबंध से इस राज्य में निवेश होगा। ख़ासतौर से कश्मीर के युवाओं से अपील करते हुए उन्होंने कहा कि उनके पास रोज़गार के बड़े अवसर होंगे।

जब भारत में बेरोज़गारी दर पिछले 45 वर्षों के मुकाबले सबसे ज़्यादा है तो यह दावा करना कि भारत के साथ घनिष्ठ संबंध से कश्मीर की रोज़गार की संभावनाओं में सुधार होगा, विडंबना ही है। लेकिन हमें इस तर्क पर बारीक़ी से ग़ौर करना चाहिए।

विशेष दर्जा हो या ग़ैर-विशेष दर्जा, यह विचार कि बड़े पैमाने पर उद्योग, जो किसी भी स्थानीय कच्चे माल के प्रसंस्करण से असंबद्ध है, वह कश्मीर जाएगा, काफ़ी हास्यास्पद है (हालाँकि शाह ने बड़े पैमाने पर उद्योग का उल्लेख किया है)। कश्मीर में एक संयंत्र लगाने से जुड़ी परिवहन लागत निषेधात्मक होगी और 'बाहरी लोगों' द्वारा भूमि की ख़रीद को प्रतिबंधित करने वाले अनुच्छेद 35ए के हटने के साथ भूमि की

क़ीमत बढ़ेगी। ये तर्क भावी 'सकारात्मक विकास' के रूप में शाह ने दिया है। इसलिए कश्मीर घाटी में बड़े पैमाने पर फ़ुटलूज़ इंडस्ट्री लगाने वाले किसी व्यक्ति का विचार महज़ बेतुका है। और लगभग ऐसा ही छोटे स्तर के उद्योग के लिए है।

इसलिए घाटी में केवल स्थानीय वस्तुओं का इस्तेमाल करने वाले उद्योग ही पनप सकते हैं चाहे वह ऊन हो, फल, लकड़ी, या माँस हो। इस तरह के उद्योग, घाटी में पहले से ही काफ़ी अच्छी तरह से स्थापित हैं बस उन्हें प्रभावशाली प्रोत्साहन की आवश्यकता है, लेकिन इसके लिए विशेष राज्य का दर्जा समाप्त करने या भूमि ख़रीद के लिए बाहरी लोगों पर लगे प्रतिबंधों को हटाने से ज़्यादा ज़रूरी है कि राज्य में सहानुभूति रखने वाली एक सरकार हो।

निश्चित रूप से यह सोचा जा सकता है कि देश के बाक़ी हिस्सों के लिए अधिक खुलापन बहुराष्ट्रीय कंपनियां या भारतीय बड़े व्यापार इन उद्योगों को विकसित करने में मदद करेंगे और इस तरह घाटी की अर्थव्यवस्था को गति मिलेगी। लेकिन बड़ी पूँजी चाहे भारतीय हो या विदेशी, उन्हीं गतिविधियों में लगी हुई है जिनमें स्थानीय छोटे उत्पादक लगे हुए हैं और वह रोज़गार में इज़ाफ़ा नहीं करते हैं। जो भी हो, इससे स्थानीय उत्पादकों को विस्थापित करने के माध्यम से रोज़गार में कमी आ सकती है। और जहाँ तक समय के साथ इस तरह की गतिविधियों में वृद्धि की बात है, अगर ऐसी किसी भी वृद्धि की गुंजाइश है तो यह कि स्थानीय उत्पादकों द्वारा ख़ुद उनका शोषण किया जा सकता है, जो राज्य सरकार की एजेंसियों द्वारा सहायता प्राप्त है।

लेकिन शाह के अनुसार, असल इच्छा कश्मीर घाटी में ज़मीन ख़रीदने के लिए बाहरी लोगों के प्रवेश से है। यह अविश्वसनीय है कि हिमाचल प्रदेश और अन्य सीमांत पहाड़ी राज्यों में बाहरी लोगों को भूमि की ख़रीद पर प्रतिबंध है, ऐसे में केवल कश्मीर को 'विकास' के नाम पर उसे हटाने के लिए कहा जा रहा है। लेकिन क्या कश्मीर घाटी में ज़मीन की क़ीमत में वृद्धि से विकास होगा?

जब कोई व्यक्ति ज़मीन ख़रीदता है तो वह कुछ दूसरी संपत्ति लेने के बजाए ज़मीन ख़रीदता है, और ज़मीन बेचने वाले के लिए यह उल्टा है। सवाल यह है कि कौन सी अन्य संपत्ति? यदि ज़मीन के ख़रीददार उत्पादक संपत्तियों को ख़रीदने के बजाए कश्मीर घाटी में ज़मीन ख़रीदते हैं तो निश्चित रूप से यह शेष भारत में पूर्ववर्ती स्थिति

में वापसी का कारण है। लेकिन हमें यह मान लेना चाहिए कि मामला ये नहीं है और अमित शाह के अनुकूल ही व्यवस्था को लें तो ख़रीददार नक़दी रखने के बजाए भूमि खरीदते हैं जो कि पहली नज़र में भारत के बाक़ी हिस्सों में निवेश में कमी होने का कोई कारण नहीं लगता है।

अब सवाल यह है कि ज़मीन बेचने वालों को जो पैसा मिलेगा उससे वे क्या करते हैं? सिर्फ़ चर्चा के लिए, स्थानीय उत्पादों के उत्पादन के विस्तार को छोड़कर घाटी में निवेश करने की संभावना तो नहीं है। लेकिन यह मानने का कोई कारण नहीं है कि स्थानीय वस्तुओं के उत्पादन में निवेश, वित्त की कमी के कारण बाधित हुआ है। उत्पादन के पर्याप्त विस्तार की गुंजाइश हो सकती है लेकिन इसके लिए राज्य सरकार के प्रभावशाली मध्यस्थता की आवश्यकता होगी, तो बस ज़मीन की बिक्री के माध्यम से नक़द हासिल करके उत्पादन बढ़ाने में किसी निवेश को बढ़ावा नहीं मिलेगा। इसलिए अधिक संभावना है कि ये नक़दी बैंकों में ही जमा किए जाएंगे।

जब इस तरह की नक़दी बैंकों में जमा हो जाएगी तो निश्चित रूप से यह स्थानीय तौर पर ऋण नहीं दी जाएगी। या तो इसे देश के बाक़ी हिस्सों में ऋण देने के लिए कश्मीर से बाहर कर दिया जाएगा या फिर बैंक स्थानीय मामले में निष्क्रिय रहेंगे। इस प्रकार यह एकमात्र परिवर्तन जिसके होने की संभावना है कि नक़द के लिए बाहरी के हाथों घाटी में ज़मीन का नुकसान होगा। ये नक़दी घाटी से बाहर भी चली जाएगी। इस भूमि पर अब तक घाटी के लोगों का स्वामित्व है। इसके कारण 'विकास' या रोज़गार में वृद्धि नहीं होने वाली है।

हालाँकि दूसरी तरफ़, दूसरे के हाथों में जाने वाली इस भूमि का इस्तेमाल पहले किसी और गतिविधि के लिए किया जा रहा था। यह गतिविधि दूसरे के हाथों में जाने के कारण बंद हो जाएगी, जबकि कोई दूसरी गतिविधि इसे विस्थापित नहीं करेगी। घाटी में गतिविधियों का सिमटना रोज़गार में कमी का कारण होगा।

इस प्रकार हम इसे जिस तरह से भी देखें, विशेष दर्जा और बाहरी लोगों द्वारा ज़मीन ख़रीदने की बाधा को हटाने से रोज़गार में रत्ती भर भी वृद्धि नहीं होगी, इसके विपरीत अधिक आशंका इस बात की है कि यह घाटी में रोज़गार की कमी का कारण बनेगा, भले ही ज़मीन दिल्ली या मुंबई के अमीर लोगों के हाथों में चली जाए।

वास्तव में यदि यह इतना स्पष्ट था कि विशेष दर्जा हटाने से राज्य का विकास बेहतर होगा तो केंद्र सरकार ने विशेष दर्जा समाप्त करते हुए दो पूर्व मुख्यमंत्रियों सहित राज्य के नेताओं को क़ैद करना जरूरी नहीं समझा होता। और विशेष दर्जे को समाप्त करने के बाद निस्संदेह राज्य में हिंसा के स्तर में वृद्धि होगी, यहाँ तक कि पर्यटन उद्योग, जो राज्य का मुख्य उद्योग है, वह हमेशा के लिए पंगु हो जाएगा जिससे कश्मीरी युवाओं के रोज़गार की संभावनाएं भी धूमिल हो जाएँगी।

संक्षेप में 'विकास' का नारा ध्यान भटकाने वाला है। फिर केंद्र सरकार ने ऐसा क्यों किया है? सामान्य जवाब यह है कि यह हिंदुत्ववादी तत्वों की लंबे समय से चली आ रही मांग है। इसको ध्यान में रखते हुए देश में एकमात्र मुस्लिम बहुल राज्य की जनसांख्यिकीय संरचना को बदलने में कोई संदेह नहीं है।

हालाँकि हमें इसके अन्य संभावित उद्देश्य से नज़र नहीं हटानी चाहिए। वास्तव में यह सरकार हिंदुत्व-कॉर्पोरेट गठजोड़ का उत्पाद होने के नाते हिंदुत्व को बढ़ावा देने के अलावा, और जो कुछ भी करती है उसमें कॉर्पोरेट एजेंडा शामिल रहता है। कश्मीर घाटी को अपने कॉर्पोरेट संरक्षकों के लिए खोलना, उत्पादक आर्थिक गतिविधियों की संख्या बढ़ाने के लिए नहीं बल्कि रियल एस्टेट के विकास के लिए भूमि अधिग्रहण या भूमि की क़ीमत पर भारी अटकलें भी एक अतिरिक्त प्रलोभन है। इस तरह का रियल एस्टेट विकास, रोज़गार के स्तर में बहुत कम वृद्धि करता है बल्कि यह रोज़गार के अवसर को कम ही करता है। इस प्रकार हानिकारक पारिस्थितिक परिणामों के अलावा जो स्पष्ट है और इसको किसी व्याख्या की आवश्यकता नहीं है, घाटी को भूमि सट्टेबाजों और रियल एस्टेट डेवलपर्स के एक समूह के लिए खोला जा रहा है जो कश्मीर के चेहरे को हमेशा के लिए ख़राब कर देगा, ख़ासकर इसकी सुंदरता को। उत्पादक गतिविधियों के एक समूह से जुड़ी अर्थव्यवस्था को सट्टेबाज़ों और भू-माफ़ियाओं के लिए शिकार के एक मैदान में बदल दिया जाएगा, साथ ही भूमि के ख़रीद-फ़रोख्त के कारण होने वाले अपराधों में वृद्धि होगी। अपराध में होने वाली ये वृद्धि उग्रवाद की तरह बढ़ेगी। असल में यह वृद्धि एक-दूसरे को पोषित करेगी, जैसे कि दूसरे संदर्भ में ड्रग्स और आतंकवाद एक दूसरे को पोषित करते हैं।

वास्तव में यह उस राज्य बदक़िस्मती है, जिसने देश में सामंती-विरोधी भूमि

सुधारों को लागू करने को मजबूर किया। लेकिन निस्संदेह अमित शाह इसे भावी 'विकास' कहेंगे।

न्यूज़क्लिक, 11 अगस्त 2019

8.

जम्मू-कश्मीर में बदलाव की दो मुख्य वजहें : ज़मीन पर कब्ज़ा और स्थानीय राजनीति को कमज़ोर करना

सुबोध वर्मा

कश्मीर भारत के ऐसे कुछ राज्यों में से था, जहाँ बड़े पैमाने पर भूमि सुधार हुए और आम जनमानस तक इसका फ़ायदा पहुँचा। धारा 370 के ख़त्म होने पर जम्मू-कश्मीर की ज़मीन का बड़े स्तर पर व्यावसायीकरण होगा। किसे मिलेगा इसका फ़ायदा? जनता या सरकार के हितैषी कॉर्पोरेट घरानों को? इस लेख में सुबोध इन्ही सवालों के जवाब दे रहे हैं।

* * *

जम्मू-कश्मीर को दो केंद्र शासित प्रदेशों में विभाजित करने वाले नए क़ानून के भीतर ऐसे प्रावधान हैं, जो भारतीय जनता पार्टी के नेतृत्व वाली केंद्र सरकार के वास्तविक इरादे को उजागर करते हैं। ये परिवर्तन, एक तरफ़ तो राजनीतिक शक्ति को प्रभावित कर रहे हैं, और दूसरी ओर भूमि अधिकारों को। इसे जम्मू-कश्मीर के सभी इलाक़े के लोगों के लिए एक बड़ा झटका और जानबूझकर अपमानित करने वाला कार्य माना जा रहा है। यह ऐसा प्रावधान है जो इस क्षेत्र के लोगों में गुस्सा पैदा कर रहा है, यह शुरुआती झटके के असर के दूर होने के बाद बड़े विरोध के रूप में फूटेगा। ये बदलाव आखिर हैं क्या?

भूमि संबंधी संशोधन

नए जम्मू-कश्मीर पुनर्गठन अधिनियम की धारा 95 कहती है कि राज्य क़ानूनों और केंद्रीय क़ानूनों के लागू होने के मामले में क्या होगा। अधिनियम की पाँचवीं अनुसूची में इसका विवरण है – 106 केंद्रीय क़ानूनों को दो नए केंद्र शासित प्रदेशों तक विस्तारित किया जाएगा। कुल 330 राज्य क़ानूनों और राज्यपालों के अधिनियमों में से 164 का संचालन जारी रहेगा, 166 को निरस्त कर दिया जाएगा और सात में संशोधन किया जाएगा।

इन सातों में से, एक का संबंध आर्थिक रूप से कमज़ोर वर्गों के आरक्षण से है और छह का संबंध भूमि की मालिकाना उपाधियों और हस्तांतरण से है। नीचे तालिका में दिए गए भूमि संबंधी क़ानूनों पर एक नज़र डालें, जिन्हे संशोधित किया गया है। उन सभी का एक स्पष्ट उद्देश्य है स्थायी निवासियों (जे एंड के संविधान द्वारा पारिभाषित) का विशेष स्वामित्व अधिकार अब नहीं रहेगा, जिन्हें जम्मू और कश्मीर में भारत के साथ विलय होने से पहले (1927 से) 'राज्य विषय' के रूप में जाना जाता था। इन क़ानूनों को संशोधित करने की राष्ट्रीय स्वयंसेवक संघ-बीजेपी की एक प्रमुख चिंता थी, जिसके प्रावधानों को राष्ट्र-विरोधी के रूप में चित्रित किया गया और एक छद्म राष्ट्रवादी रंग दिया गया।

ध्यान दें कि एक ग़ैर-राज्य विषय को भूमि के हस्तांतरण (जैसा कि बड़ी भूमि संपदा उन्मूलन अधिनियम की धारा 20ए में दिया गया है) या राज्य सरकार द्वारा पट्टे पर देने के लिए (भूमि अनुदान अधिनियम के अनुसार) अब तक ऐसी भूमि के क्षेत्र में सीमाएं लागू थीं।

नरेन्द्र मोदी सरकार को इन क़ानूनों में संशोधन करने की जरूरत क्यों पड़ी? जबकि अनुच्छेद 370 के ख़त्म होने से अनुच्छेद 35ए भी ख़त्म हो जाता है, जो राज्य की विधानमंडल को, स्थायी नागरिक को पारिभाषित करने की शक्ति प्रदान करता है ताकि उन्हें भूमि के मालिक़ाना हक़, सरकारी नौकरियों आदि का आश्वासन दिया जा सके। इसका जवाब सीधा है कि अगर यह राज्य क़ानून बने रहते तो वहाँ की ज़मीन जम्मू-कश्मीर के निवासियों से ख़रीदी नहीं जा सकती थी।

तालिका 8.1

राज्य क़ानून	संशोधित प्रावधान	संशोधित प्रावधान क्या हैं?
संपत्ति हस्तांतरण अधिनियम, 1977 (1920)	धारा 139 और धारा 140	मौजूदा विनियमन, हिदायत, प्रस्ताव, ऐलान, नियम या मान्य रिवाज़ को नहीं बदला जा सकता है। वित्तीय कंपनी, पीएसयू, वैष्णो देवी के हस्तानांतरण के मामले में छूट थी कि अगर कोई ग़ैर-स्थायी निवासी इनके मालिक़ाना हक़ के लिए याचिका दायर करता है तो इसे हस्तांतरित नहीं किया जा सकता है।
जम्मू और कश्मीर अलगाव भूमि अधिनियम, 1995	धारा 4 और धारा 4-ए	भूमि ग़ैर-राज्य विषय यानी ग़ैर-कश्मीरी को स्थानांतरित नहीं की जा सकती है। 'राज्य विषय' न्यायिक विभाग अधिसूचना संख्या 1-एल/ 84, दिनांक 20 अप्रैल 1927 के अनुसार तय है।
जम्मू और कश्मीर बड़ी भूमि संपत्ति उन्मूलन अधिनियम, 2007 (1950)	ए. धारा 4 की उप-धारा 1 में प्रावधान ब. धारा 4 की उप-धारा 2 में खंड (i)	भूमि, ग़ैर-राज्य विषय यानी ग़ैर-कश्मीरी को स्थानांतरित नहीं की जा सकती है। 'राज्य विषय' न्यायिक विभाग अधिसूचना संख्या 1-एल/ 84, दिनांक 20 अप्रैल 1927 के अनुसार तय है।
जम्मू और कश्मीर भूमि अनुदान अधिनियम, 1960	ए. धारा 4 की उप-धारा 1 में प्रावधान ब. धारा 4 की उप-धारा 2 में खंड (i)	भवन निर्माण के लिए सरकार दो कनाल भूमि को पट्टे पर दे सकती है, लेकिन ग़ैर-राज्य निवासी को नहीं और इस तरह के मामले रद्द कर दिए जाएँगे अगर राज्य के निवासी को एक प्रवर्तक या ऐसे समाज के सदस्य के रूप में पेश किया जाता है।
जम्मू और कश्मीर कृषि सुधार अधिनियम, 1976	धारा 17	कोई ज़मीन, आवास गृह या ढाँचा किसी भी क़ानून या प्राधिकरण के तहत राज्य के ग़ैर-स्थायी निवासी को स्थानांतरित नहीं किया जाएगा।
जम्मू और कश्मीर सहकारी समिति अधिनियम, 1989	धारा 17 की उप-धारा (1) उप-धारा (a) का खंड (ii)	सहकारी समिति के सदस्य के रूप में स्थायी निवासी को छोड़कर किसी भी अन्य व्यक्ति को भर्ती नहीं किया जाएगा, जिसे जम्मू और कश्मीर के संविधान की धारा 6 में पारिभाषित किया गया है।

भूमि सुधार पर ख़तरा

यह याद रखना चाहिए कि स्टेट सब्जेक्ट्स और उनके विशेष अधिकारों से संबंधित क़ानून डोगरा राजशाही के शासन के दौरान बनाए गए थे और ऐसा उस समय पंजाबियों और अन्य बाहरी निवासियों द्वारा किए जा रहे अधिग्रहण को रोकने के लिए किया गया था। हालाँकि, 1947 के बाद से शेख़ अब्दुल्लाह के नेतृत्व में जम्मू-कश्मीर राज्य में व्यापक भूमि सुधारों को लाया गया, जो इन क़ानूनों में निहित थे, जिन्हें अब संशोधित किया जा चुका है। इन सुधारों ने बड़े ज़मींदारों द्वारा किए गए क्रूर सामंती शोषण की कमर तोड़ दी थी, जिनमें से अधिकांश कश्मीरी पंडित और डोगरा थे।

1950 के बिग लैंडेड एस्टेट्स एबोलिशन एक्ट में यह शर्त रखी गई थी कि कोई भी 22.75 एकड़ से अधिक भूमि का मालिक नहीं हो सकता। भूमि की इस सीमा में बाग़ और चारे के लिए भूमि भी शामिल की गई थी। 1950 के दशक के अंत तक, सभी 9,000 ज़मींदारों को उनकी अतिरिक्त भूमि से हटा दिया गया था, जो तक़रीबन 4,50,000 एकड़ भूमि थी, जिसमें से लगभग 2,30,000 एकड़ भूमि का मालिक़ाना हक़ जोतदार को हस्तांतरित कर दिया गया था। भारत के अन्य जगहों पर हुए ज़मींदारी उन्मूलन क़ानूनों से बड़ा अंतर यह था कि यहाँ ज़मींदारों को कोई मुआवज़ा नहीं दिया गया था। जबकि देश के अन्य हिस्सों में ज़मींदारी उन्मूलन के मामले में मुक़दमेबाज़ी हुई, लेकिन जम्मू-कश्मीर के विशेष दर्जे के कारण इस क़ानून को चुनौती नहीं दी जा सकती थी।

वास्तव में, स्थायी (राज्य) निवासी अधिकारों ने इस बड़े भूमि सुधार के साथ सामंजस्य स्थापित किया। क्योंकि स्थायी निवासी अधिकार की स्थिति ने बाहर के लोगों को ज़मीन हथियाने से हमेशा के लिए हतोत्साहित कर दिया था। कई प्रावधान, जिनका पहले उल्लेख किया गया है, में ग़ैर-कृषि वर्गों से संबंधित व्यक्तियों को भूमि के हस्तांतरण पर प्रतिबंध था। अनुपस्थित ज़मींदार – जिनकी जम्मू-कश्मीर में काफ़ी तादाद थी – को भी इन क़ानूनों ने धराशायी कर दिया था।

तो, अब जो किया गया है, वह यह कि जम्मू-कश्मीर में पुनर्वितरित भूमि के किले में एक सेंध लगाई गई है। कॉर्पोरेट खिलाड़ी – सैद्धांतिक रूप से – अब किसानों से,

या सरकार से ज़मीन ख़रीद सकते हैं जिनके नियंत्रण में भूमि संसाधन हैं। यह न केवल राज्य की अर्थव्यवस्था की नींव को हिला देगा, बल्कि जम्मू-कश्मीर (जम्मू और कश्मीर दोनों) की आम जनता (हिंदू और मुस्लिमों) के बीच गुस्से को जन्म देगा क्योंकि उनकी आजीविका का एक स्रोत अब कब्ज़े में ले लिया गया है।

राजनीतिक शक्तिहीनता

भूमि क़ानूनों में इस महत्वपूर्ण बदलाव के साथ, दूसरा पहलू – राजनीतिक अधिकार की वंचना का है, जो राज्य को एक पूर्ण राज्य से केंद्र शासित प्रदेश बनाने से पैदा होता है। यद्यपि यह अधिनियम वादा करता है कि जम्मू-कश्मीर केंद्र शासित प्रदेश में एक विधान सभा होगी, लेकिन इसकी शक्तियाँ काफ़ी सीमित होंगी। विधान सभा के पास दो विषयों का नियंत्रण नहीं होगा जो संविधान की सार्वजनिक सूची में हैं – लोक व्यवस्था और पुलिस। तो, सुरक्षा सीधे केंद्र सरकार द्वारा नियंत्रित की जाएगी। केंद्र सरकार द्वारा नियुक्त एक सुप्रीमो, उपराज्यपाल के रूप में होगा और है। उसके पास विधान सभा को धता बताने की अपार शक्तियाँ होंगी। इसके अलावा, विधान सभा सीटों के ताज़ा परिसीमन अधिनियम को भी इसमें रखा गया है और इस बात की आशंका है कि बीजेपी (विशेषकर हाल के वर्षों में) सांप्रदायिक विभाजन को सुनिश्चित करने के लिए जनसांख्यिकी जालसाज़ी करेगी।

यह सब एक साथ परोसा गया है, इसका मतलब है कि जब भी चुनाव होंगे और एक नया बँटवारा होगा, कश्मीर के निवासियों की राजनीतिक शक्ति बहुत कम हो जाएगी। जहाँ तक लद्दाख का सवाल है, उसके लोगों को पूरी तरह से निर्वस्त्र कर दिया गया है क्योंकि अब उनके पास कोई चुना हुआ प्रतिनिधि भी नहीं है।

मौजूदा अव्यवस्था के जारी रहने की आशंका है। आने वाले हफ़्तों में इन परिवर्तनों के ख़िलाफ़ विरोध तेज़ होगा, चुनाव की संभावना कम है। और वैसे भी परिसीमन ख़ुद कुछ महीने तो लेगा ही, तब तक, भूमि पर कब्ज़ा तो किया ही जा सकता है।

न्यूज़क्लिक, 12 अगस्त 2019

9.

जम्मू-कश्मीर में भूमि सुधार और विकास

शिंजनी जैन

कश्मीर में हुए भूमि सुधार देश के सामने एक उदाहरण के तौर पर इस्तेमाल किए जा सकते हैं। क्या है कश्मीर में हुए भूमि सुधार का इतिहास और कैसे इन सुधारों ने कश्मीर के आर्थिक नक़्शे को बदला है, इस पर प्रकाश डाल रही हैं शिंजनी अपने लेख में।

* * *

अर्थशास्त्री ज्यां द्रेज़ मानव विकास सूचकांक में जम्मू-कश्मीर के बेहतर प्रदर्शन का श्रेय नेशनल कॉन्फ्रेंस सरकार द्वारा 50 के दशक में किए गए भूमि सुधारों और अनुच्छेद 370 को देते हैं।

भारत सरकार ने हाल ही में अनुच्छेद 370 को रद्द कर दिया जिससे भारतीय संविधान के तहत मिला जम्मू और कश्मीर का विशेष दर्जा ख़त्म हो गया। देश के गृह मंत्री अमित शाह ने 5 अगस्त को राज्य सभा में इसे रद्द करने का प्रस्ताव रखते हुए कहा कि यह जम्मू-कश्मीर के विकास में बाधा बन रहा है। इसके बाद जल्द ही यह आम राय बन गई।

जनता के बीच खूब वाहवाही बटोर रहे इस क़दम के विपक्ष में अपनी बात रखते हुए जाने-माने अर्थशास्त्री और विचारक ज्यां द्रेज़ ने कहा कि 'ये कहना सही नहीं कि जम्मू-कश्मीर एक पिछड़ा हुआ राज्य है इसलिए अनुच्छेद 370 को हटाना अनिवार्य है। ज़ाहिर है कि वहाँ कुछ आर्थिक परेशानियाँ हैं लेकिन वहाँ लोगों के जीवन का स्तर

काफ़ी अच्छा है और पोषण के मामले में कश्मीर गुजरात से बेहतर स्थिति में है।' द्रेज़ का मत है कि जम्मू-कश्मीर असल में भारत के दूसरे कई राज्यों से ज़्यादा विकसित है। उन्होंने मानव विकास सूचकांक के आधार पर कश्मीर और गुजरात का तुलनात्मक विश्लेषण भी तैयार किया है।

दिलचस्प बात है कि द्रेज़ जम्मू-कश्मीर के बेहतर प्रदर्शन का श्रेय 50 के दशक में नेशनल कॉन्फ्रेंस सरकार द्वारा किए गए भूमि सुधारों को देते हैं और यह भी कहते हैं कि ये सुधार अनुच्छेद 370 की वजह से ही हो पाए। वे कहते हैं, 'अनुच्छेद 370 की वजह से जम्मू और कश्मीर का अपना एक संविधान है जिसने भूमि वितरण की अनुमति दी जो शायद भारतीय संविधान नहीं देता। मेरे हिसाब से इसने वहाँ ग़रीबी कम करने और ग्रामीण इलाकों में समतावादी अर्थव्यवस्था की नींव रखने में एक अहम भूमिका निभाई।'

जम्मू और कश्मीर के पूर्व वित्त मंत्री हसीब द्राबू, सरकार के इस क़दम की तीखी आलोचना करते हुए लिखते हैं, 'अनुच्छेद 370 के तहत अधिक स्वायत्त विधान सभा का जो सबसे ज़्यादा फ़ायदा जम्मू और कश्मीर के लोगों को हुआ वह था, कृषि संबंधों का मूलभूत नवीनीकरण। केरल की कम्युनिस्ट सरकार के भूमि सुधार से बहुत पहले यह देश का पहला राज्य था जहाँ बिना मुआवज़े के भूमि सुधार किए गए।'

जम्मू और कश्मीर में भूमि सुधार, नेशनल कॉन्फ्रेंस की सरकार ने 1948 से 1976 के बीच स्वास्थ्य, शिक्षा और कृषि संबंधों सहित कई क्षेत्रों में सुधार किए जिनमें से भूमि सुधार भी एक था। ये सुधार मुख्यतः दो क़ानूनों के द्वारा अमल में लाए गए – बिग लैंडेड एस्टेट्स एबोलिशन एक्ट, 1950 और जम्मू और कश्मीर अग्रेरिअन रिफॉर्म्स एक्ट, 1976। 1950 में बिग लैंडेड एस्टेट्स एबोलिशन एक्ट के तहत ज़मीन रखने की अधिकतम सीमा घटाकर 22.75 हेक्टेयर कर दी गई, जिसे अग्रेरिअन रिफॉर्म्स एक्ट, 1976 के तहत पुन: घटाकर 12.50 हेक्टेयर कर दिया गया। इससे प्राप्त अतिरिक्त ज़मीन राज्य की मिल्कियत में आ गई, जिसे असल खेतिहर के नाम कर दिया गया। मुआवज़े के संबंध में फ़ैसला 1951 में राज्य की संविधान सभा के द्वारा लिया गया, जिसने भूमि अधिपतियों को मुआवज़ा न देने का निर्णय लिया। उनका मानना था कि जिस व्यवस्था ने भूमि के मालिक़ाना हक़ में इतनी असमानता को जन्म

दिया वो बहुत ही शोषक और पराश्रयिक थी कि न तो राज्य और न ही भूमि सुधार से लाभ प्राप्त लोगों को यह महसूस हुआ कि सदियों से व्यवस्था से फ़ायदा पाने वाले भूमि अधिपति किसी भी तरह के मुआवज़े के अधिकारी हैं।

नेशनल कॉन्फ्रेंस के नेताओं द्वारा सोचे और सुगठित किए ये सुधार उन्होंने 1944 में नया कश्मीर मैनिफेस्टो में पेश किए थे। इन सुधारों के मूलभूत आदर्श, यानी 'बिचौलियों का ख़ात्मा' और 'खेतिहर को भूमि', नया कश्मीर में ही प्रस्तावित किए गए थे। जम्मू और कश्मीर देश का एकलौता राज्य था जिसने उन भूमि अधिपतियों को कोई मुआवज़ा नहीं दिया, जिनकी ज़मीन राज्य ने अपने अधिकार में ले ली थी। इन सुधारों को टेनेंसी सुधारों ने और भी पुख्ता किया।

नया कश्मीर की शुरुआत नेशनल कॉन्फ्रेंस के नेताओं द्वारा 1944 में की गई थी। इस दस्तावेज़ में जम्मू और कश्मीर राज्य में सामाजिक-आर्थिक, राजनीतिक और सांस्कृतिक संबंधित पुनर्संरचना के लिए एक विस्तृत योजना थी। सोवियत मॉडल से प्रेरणा लेते हुए शेख़ अब्दुल्लाह ने यह घोषणा की कि इस नए बन रहे राज्य के लिए जो परिकल्पना बनाई जा रही थी वो समाजवादी होगी। उन्होंने इस बात पर ज़ोर दिया कि सच्ची आज़ादी तभी होगी जब लोगों को आर्थिक आज़ादी मिलेगी। इस नज़रिए के साथ उन्होंने राज्य में आर्थिक समानता पर आधारित लोकतंत्र की नींव रखने का संकल्प लिया।

भूमि सुधारों के विशिष्ट स्वरूप का मूल्यांकन, इसे जम्मू और कश्मीर में डोगरा राज के दौर के सामाजिक-राजनीतिक पृष्ठभूमि के संदर्भ से जोड़कर किया जा सकता है। राज्य की अर्थव्यवस्था मुख्यतः कृषि प्रधान थी, जहाँ 80% कृषक कश्मीरी मुसलमान थे। चित्रलेखा ज़ुत्शी ने अपनी किताब *लैंग्वेजेज़ ऑफ़ बिलॉन्गिंग* (*Languages of Belonging*) में बताया है कि अफ़ग़ान, मुग़ल, सिख और डोगरा राज में इस क्षेत्र में कैसे भूमि आधिपत्य का इतना बुरा हाल हो चुका था कि ज़्यादातर कश्मीरी मुस्लिम कृषक भूमिहीन मज़दूरों के तौर पर काम करने को मजबूर थे। हिंदू समुदाय के वे लोग जिन्हें 'निचली जाति' का माना जाता था उनकी स्थिति भी ऐसी ही थी या और भी ख़राब थी। जहाँ एक ओर अधिकांश लोगों की यह हालत थी वहीं दूसरी ओर बेइंतहा ज़मीन पर कश्मीरी पंडितों और कश्मीरी मुस्लिमों में सईद व पीर समुदायों का कब्ज़ा हो गया।

इन सुधारों का अनुच्छेद 370 से क्या संबंध है? द्राबू का मानना है कि जब 1950 में जम्मू और कश्मीर की सरकार ने बिग लैंडेड एस्टेट्स एबोलिशन एक्ट के तहत भूमि आधिपत्य आधारित अभिजात्यता को ख़त्म किया तब भारतीय संविधान के अनुच्छेद 19 के अनुसार भूमि का अधिकार एक मौलिक अधिकार था और उस समय अनुच्छेद 370 से मिली स्वायत्तता ने ही जम्मू-कश्मीर के इस क़ानून को ख़ारिज होने से बचाया। अनुच्छेद 370 के होने और स्वायत्तता की वजह से ही भारतीय संविधान का अनुच्छेद 19 जम्मू और कश्मीर पर लागू नहीं था। यही तर्क देकर जम्मू और कश्मीर के तत्कालीन वित्त मंत्री मिर्ज़ा उमर बेग़ ने उन भू-स्वामियों की मुआवज़े की मांग को ठुकरा दिया था, जिनकी ज़मीनें कब्ज़े में ली जा रही थीं।

भूमि सुधार के प्रभाव

द रैडिकल इन अम्बेडकर (*The Radical in Ambedkar*) नामक किताब के एक लेख में द्रेज़ दलील देते हैं 'मूलभूत भूमि सुधार जम्मू और कश्मीर में काफ़ी लोकप्रिय हुए और इन्होंने तुलनात्मक तौर पर एक संपन्न और समतावादी अर्थव्यवस्था की नींव रखी जिसमें, भारत के स्तर से ग़रीबी बहुत कम थी।'

भूमि सुधार का फ़ायदा कैसे समाज के सबसे हाशिए पर खड़े लोगों तक पहुँचा इस बात को रेखांकित करते हुए जॉर्ज मैथ्यू लिखते हैं, '50 से 70 के दशकों के दौरान जम्मू में डॉ. आशीष सक्सेना के शोध के मुताबिक़ मुख्यतः राजपूतों और महाजनों से ली गई अतिरिक्त 672 कनाल (605 गज) ज़मीन में से 70.24% अनुसूचित जाति के लोगों को पट्टे पर दी गई। इस क्षेत्र में अनुसूचित जातियों के व्यावसायिक स्वरूप में पीढ़ीगत परिवर्तन आया है, जहाँ कभी किसी व्यक्ति की पीढ़ी के पास बिल्कुल ज़मीन नहीं थी वहीं अब उसके पोते की पीढ़ी के पास 47.1% ज़मीन है, इससे पता चलता है कि वे भूमिहीन खेत मज़दूर से अब अपनी ख़ुद की ज़मीन रखने वाले किसान हो गए हैं।'

द्राबू के मुताबिक़, जम्मू और कश्मीर मानव विकास सूचकांक में भारत के सामान्य औसत से बेहतर इसलिए है क्योंकि यहाँ भूमि सुधारों के साथ-साथ 1951 से 1973 के बीच लगभग बीस साल तक बहुत बड़े स्तर पर ऋण माफ़ किए गए। इसी वजह से

जम्मू और कश्मीर देश का दूसरा ऐसा राज्य है जहाँ लोगों पर कर्ज़ कम है। भूमिहीन मज़दूर राज्य में लगभग न के बराबर हैं और भूमि आधिपत्य की वजह से आर्थिक सशक्तिकरण इतना हुआ है कि लोगों की घरेलू आय का 25% से अधिक अपनी खेती से आता है। परिणामतः राज्य में ग़रीबी काफ़ी कम है, जहाँ ग़रीबी रेखा से नीचे रहने वाले लोगों का औसत, शेष भारत में 22% है, वहीं जम्मू-कश्मीर में यह 10% है।

जम्मू और कश्मीर में हुए भूमि सुधार और इनसे उत्पन्न सामाजिक और आर्थिक संपन्नता भारतीय उपमहाद्वीप के इतिहास में एक मिसाल है। पिछले एक सप्ताह में जहाँ यह समझने की निरपेक्ष कोशिशें होनी चाहिए थीं कि ऐसा कैसे संभव हो पाया, वहाँ व्यवस्थित तरीक़े से इस राज्य के विषय मे तरह-तरह की भ्रांतियाँ फैलाई जा रही हैं, झूठे प्रचार किए जा रहे हैं। यही नहीं जन नीतियों के एजेंडा और स्वरूप को बदलने के भी प्रयास शुरू हैं।

भूमि का राजनीतिक अर्थशास्त्र और भूमि सुधारों का बिसरा एजेंडा

भूमि सुधार की दोहरी नीति के पीछे जो तर्क काम करते हैं उन्हें निम्न रूप में विभक्त किया जा सकता है :

1. आर्थिक तर्क – बिना भूमि और श्रम को बर्बाद किए, कम भू-संसाधनों का उचित और अल्पव्ययी उपयोग करना। यह तर्क भू-संसाधनों को फ़िज़ूल में इकट्ठा रखने के विरुद्ध चेताता है।

2. पुन: वितरण तर्क – ग़रीब जनता के बीच भू-संसाधनों को बाँट कर शोषण को ख़त्म किया जा सकता है।

भूमि सुधार के संदर्भ में इस नीतिगत तर्क को दक्षिण एशिया में कृषि सुधारों के विद्वान रोनाल्ड हेरिंग ने सामाजिक न्याय और उत्पादकता का युग्म कहा। वे इस युग्म को कृषि सुधारों के तीसरे न्यायसंगत सिरे से जोड़ते हैं, जो है – ग्रामीण हिंसा का ख़तरा। वे इस बात को रेखांकित करते हैं कि कैसे 'ग्रामीण तनाव की आशंका', 'समन्वय' और 'स्थिरता' नीतिगत तर्क पर हावी रहे हैं और किसी भी नई सत्ता के पहले विधायी काम आमतौर पर भूमि सुधार से जुड़े हुए ही रहे हैं।

भूमि सुधारों को अमूमन 60 के दशक का 'बिसरा हुआ एजेंडा' कहा जाता है। हालाँकि कुछ दशक पहले तक सुधारों की चर्चा में भूमि सुधार का एजेंडा हावी रहता था लेकिन अब भूमि और कृषि सुधारों से संबंधित जन नीतियों की चर्चा की दिशा बिल्कुल बदल चुकी है।

अपने लेख *रिसेटिंग द एजेंडा ऑफ़ लैंड रिफॉर्म्स* (*Re-setting the Agenda of Land Reforms*) में प्रो. के.बी. सक्सेना बताते हैं कि भूमि सुधारों के पुराने स्वरूप को बिना औपचारिक घोषणा के बदलकर, पुरानी स्थिति की ओर जाने की क़वायद शुरू हो चुकी है। इसका सबूत है कि उदारीकरण के बाद कॉर्पोरेट एजेंसियों को कृषि योग्य भूमि रखने की ऊपरी सीमा में छूट दी गई और पट्टेदारी को उदार बनाने के लिए आक्रामक औपचारिक पक्षधरता दिखाई गई। वे आगे जोड़ते हैं 'नीति निर्माताओं, नवउदारवादी अर्थशास्त्रियों, कृषि विशेषज्ञों और अंतर्राष्ट्रीय वित्तीय संस्थाओं के विशेषज्ञों के बीच यह राय बन ही चुकी है कि पट्टेदारी से संबंधित मौजूदा भूमि सुधार नीति, सीलिंग, भूमि स्थानांतरण और भूमि प्रयोग बदलाव में लगी रोक, आर्थिक विकास और सर्वोत्तम परिणाम को सार्थक कर पाने में गंभीर अड़चनें खड़ी करते हैं।'

जन नीतियों में आए इस बदलाव से ज़ाहिर होता है कि बाज़ार के तर्क ने इससे संबंधित चर्चा को सामाजिक न्याय के आदर्शों से दूर कर इसे खोखला बना दिया है। सामाजिक न्याय और उत्पादकता का युग्म अब नीतिगत तर्क की दिशा निर्धारित नहीं कर रहे। अब न ही सामाजिक अशांति का कोई भय है जैसा कि हेरिंग ने बताया था। नीतिगत चर्चाओं की दिशा में यह परिवर्तन कल्याणकारी प्रेरणाओं के वेश में किया जा रहा है और जम्मू-कश्मीर इस षड्यंत्र का नया शिकार है।

न्यूज़क्लिक, 20 अगस्त 2019

10.

कश्मीर और श्यामा प्रसाद मुखर्जी का किरदार

सुभाष गाताडे

संघ और भाजपा लगातार यह झूठ फैलाती आई हैं कि डॉ. अम्बेडकर, सरदार पटेल और श्यामा प्रसाद मुखर्जी ने धारा 370 का विरोध किया था। पर इतिहास के पन्ने इससे सहमत नहीं हैं। इस लेख में सुभाष गाताडे इन्हीं मिथकों को तोड़ते हैं।

* * *

अर्थशास्त्री और सामाजिक कार्यकर्ता ज्यां द्रेज़, जिन्होंने अमर्त्य सेन और एंगस डीटन जैसे नोबल विजेता लेखकों के साथ किताबें लिखी हैं, वो हाल ही में एक प्लैकार्ड (placard) की वजह से सुर्ख़ियों में रहे। ये प्लैकार्ड उन्होंने दिल्ली में हुए एक विरोध प्रदर्शन में पकड़ा था, और ये जम्मू-कश्मीर से अनुच्छेद 370 और 35ए को हटाने के फ़ैसले की आलोचना कर रहा था। इस प्लैकार्ड पर ऐसे आँकड़े थे, जो कश्मीर की तुलना प्रधानमंत्री मोदी और गृह मंत्री अमित शाह के गृह राज्य गुजरात से कर रहे थे। द्रेज़ ने साफ़ तौर पर दिखाया था कि कैसे जम्मू-कश्मीर, विकास के मामले में गुजरात से बहुत आगे है।

सरकार ये दावे कर रही है कि जम्मू-कश्मीर को मिला ख़ास दर्जा उसके विकास में एक रुकावट जैसा था। हालाँकि द्रेज़ के डाटा ने सरकार के इस दावे को बहुत ढंग से झुठला दिया है, लेकिन 8 अगस्त को देश के नाम अपने संदेश में प्रधानमंत्री मोदी ने यही बात फिर से दोहराई, जो दरअसल झूठी बात है। जैसे उनका ये दावा कि जम्मू-

कश्मीर स्वास्थ्य, शिक्षा के क्षेत्र में बाक़ी राज्यों से पीछे है, एक़दम बकवास है।

नेशनल फ़ैमिली हेल्थ सर्वे के आँकड़ों से ये बहस और आगे बढ़ गई है क्योंकि इन आँकड़ों में भी साफ़ तौर पर ये कहा गया है कि मानव विकास के मामले में जम्मू-कश्मीर कई राज्यों से काफ़ी आगे रहा है। इससे एक बार फिर से ये साबित हो गया है कि '370 हटने से जम्मू-कश्मीर का विकास होगा' का दावा बस एक पाखंड है।

इतनी झूठी ख़बरें और बातें फैलाई गई हैं कि साबित हो गया है कि ये सरकार जम्मू-कश्मीर में लिए अपने फ़ैसलों को सही साबित करने के लिए किसी भी हद तक जा सकती है। देश को संबोधित करते हुए, मोदी जी ने ये तक कह दिया कि उनकी सरकार ने 'बी.आर. अम्बेडकर और वल्लभभाई पटेल के सपनों को पूरा किया है।'

क्या पटेल और अम्बेडकर वाक़ई अनुच्छेद 370 के ख़िलाफ़ थे?

सबसे पहली बात तो ये कि उस वक़्त की कैबिनेट के कुछ सदस्यों का सहारा ले कर किसी बात को साबित करने की जो हरकत आज के इतिहासकार या नेता कर रहे हैं, वो हरगिज़ उचित नहीं है, क्योंकि कैबिनेट का काम होता है कि सबकी राय के हिसाब से काम करे। आज की कैबिनेट के द्वारा लिए गए किसी भी फ़ैसले को इस बात से सही साबित नहीं किया जा सकता कि अम्बेडकर और पटेल को कथित तौर पर 370 से दिक़्क़त थी।

दूसरी बात, काग़ज़ी सबूत बताते हैं कि कश्मीर के मुद्दे पर पूर्व प्रधानमंत्री जवाहरलाल नेहरू के नेतृत्व वाली तत्कालीन कैबिनेट ने कश्मीर मुद्दे पर आपसी बातचीत के साथ काम किया था। इसके अलावा नेहरू के दौर में सारी ताक़तें सिर्फ़ पीएमओ के पास नहीं रहती थीं, जैसा कि आज के दौर का चलन हो गया है। पटेल की जीवनी लिखने वाले राजमोहन गांधी लिखते हैं, 'महात्मा गांधी, नेहरू और पटेल की "त्रिमूर्ति" ने यह निर्णय लिया था कि आज़ाद भारत एक हिंदू राष्ट्र नहीं होगा बल्कि एक ऐसा देश होगा जहाँ हर किसी को समान अधिकार दिए जाएँगे। गांधी की हत्या और पटेल की मृत्यु तक, पटेल और नेहरू में कई तरह के मतभेद रहे लेकिन बुनियादी विचारधारा एक सी ही रही थी। अम्बेडकर, मौलाना आज़ाद, राजेन्द्र प्रसाद, राजाजी

और अन्य लोगों की मदद से उन दोनों ने संविधान में धर्मनिरपेक्षता और समानता को शामिल किया।

एक बार के लिए नेहरू को भूल जाइए। स्वतंत्र पत्रकार और स्कॉलर इस बात को मानते हैं कि पटेल ने ख़ुद अनुच्छेद 370 का निर्माण किया था।

ये ठीक बात है कि जब भारत आज़ाद हुआ, तो ये बात साफ़ नहीं हुई थी कि जूनागढ़, हैदराबाद और कश्मीर के रजवाड़े भारत के पास रहेंगे या पाकिस्तान के पास। तब कि कैबिनेट और रक्षा मंत्रालय के रिकॉर्ड से जो काग़ज़ात मिले हैं, उनमें ये बात साफ़ तौर पर लिखी है कि नेहरू और पटेल ने इन तीनों राज्यों के मसले सुलझाने के लिए काफ़ी काम किए थे। कश्मीर मुद्दे के बारे में लिखा है, 'नेहरू और पटेल ने तमाम मतभेदों के बावजूद साथ रह कर काम किया था।'

अगर हम भारतीय संविधान में अनुच्छेद 370 के गठन की प्रक्रिया को देखें, जिसने जम्मू-कश्मीर को ख़ास दर्जा भी दिलवाया था, तब ये बात साबित हो जाएगी। बिना पोर्टफ़ोलियो वाले कैबिनेट मंत्री और कश्मीर के पूर्व दीवान एनजी अय्यंगर, कश्मीर के पहले प्रधानमंत्री शेख़ अब्दुल्लाह और उनके वरिष्ठ साथियों ने मिलकर 1949 में महीनों तक समझौते के लिए कई बैठकें की थीं। बेशक, ये समझौते कठिन थे लेकिन नेहरू कभी-कभी पटेल की अनुमति के बग़ैर क़दम उठा लेते थे।

जब अय्यंगर ने नेहरू की तरफ़ से अब्दुल्लाह के नाम पत्र लिखा तो उसे पहले पटेल के पास भेजा और कहा, 'क्या आप जवाहरलाल जी से ख़ुद अपनी सहमति के बारे में बात कर लेंगे? वो शेख़ अब्दुल्लाह को ये ख़त आपकी अनुमति के बाद ही भेजेंगे।'

जम्मू-कश्मीर को ख़ास दर्जा दिलाने में पटेल की अहम भूमिका

इसके अलावा, पटेल ने भारतीय संविधान सभा से जम्मू-कश्मीर को ख़ास दर्जा दिलवाने में अहम किरदार अदा किया था। बीजेपी द्वारा फैलाए जा रहे नज़रिए के एक़दम विपरीत, पटेल काँग्रेस पार्टी के कुछ सदस्यों से बहस करते थे, जो कश्मीर को ख़ास दर्जा दिए जाने के ख़िलाफ़ थे। कैबिनेट मंत्री गोपालस्वामी अय्यंगर से कहा गया

था कि वो अनुच्छेद 370 (तब 306) के लिए आसान रास्ता तैयार करें।

बाद में, मौजूदा सरकार की हैसियत को मज़बूत करने के लिए पाकिस्तान और तक़सीम के विषयों पर पटेल ही नहीं, अम्बेडकर के विचारों को भी अर्धसत्य बना कर परोसा जाने लगा है। अगर कोई अम्बेडकर के भाषणों को पूरा पढ़े, संविधान सभा में उनकी बहसों पर शोध करे, या उनके साहित्य को ही देखे, तो मालूम चल जाएगा कि उनमें अनुच्छेद 370 के बारे में कोई प्रमाणित लेख मौजूद नहीं है।

आजकल अम्बेडकर के नाम का बयान फैलाया जा रहा है, लेकिन वो दावा करता है कि अम्बेडकर ने अनुच्छेद 370 का गठन करने से 'मना कर दिया था', जो कि झूठा दावा है। जिस बयान से लगता है कि अम्बेडकर कश्मीर से संबोधित हैं, वह है, 'आपकी ये इच्छा है कि भारत आपकी सरहदों की सुरक्षा करे, आपको खाना और अनाज़ दे, आपके इलाक़ों में सड़कें बनवाए और कश्मीर को भारत के समान दर्जा मिलना चाहिए। लेकिन आप ये भी चाहते हैं कि भारत सरकार के पास सीमित ताक़तें ही होनी चाहिए और भारतीयों को कश्मीर में कोई अधिकार नहीं मिलने चाहिए। आपके प्रस्ताव को मंज़ूरी देना, भारत के साथ नमकहरामी होगी और भारत के क़ानून मंत्री के तौर पर, मैं ऐसा हरगिज़ नहीं करूँगा।

इस 'कथन' की सच्चाई क्या है?

लेखक और अम्बेडकरवादी स्कॉलर प्रतीक टेम्भुर्ने कुछ हैरान करने वाली बातें बताते हैं, 'सबसे पहले यह कथन 1991 में आरएसएस की मैगज़ीन 'तरुण भारत' के एक संपादकीय में देखा गया था। ये आरएसएस के वरिष्ठ सदस्य बलराज मोदक के साथ अम्बेडकर की एक वार्ता का हवाला देते हुए लिखा गया था, वो भी अम्बेडकर की मृत्यु के 4 दशकों बाद।'

ये मान लेना मूर्खता ही होगी कि अम्बेडकर ने आरएसएस विचारधारा वाले शख़्स से उस विषय पर बात की होगी, जिसके बारे में उन्होंने कभी लिखा भी नहीं।

एक अम्बेडकरवादी ऑनलाइन जर्नल *वेलिवाडा* (*Velivada*) ने हाल ही में अम्बेडकर के नाम से फ़ैलाए जा रहे इस झूठे कथन का पर्दाफ़ाश किया, 'ये उसी तरह

की हरकत है जैसे बीजेपी-आरएसएस ने कहा था, ओह! डॉ. अम्बेडकर भी नोटबंदी चाहते थे। दोनों ही बातें झूठी हैं।'

श्यामा प्रसाद मुखर्जी की भूमिका

देश के नाम अपने संदेश में मोदी जी ने इस बात पर भी ज़ोर दिया था कि कश्मीर के ख़ास दर्जे को ख़त्म करके, उन्होंने जनसंघ के संस्थापकों में से एक डॉ. श्यामा प्रसाद मुखर्जी के ख़्वाब को पूरा किया है। हम जानते ही हैं कि श्यामा प्रसाद को कश्मीर को मिले ख़ास दर्जे का विरोध करने की वजह से गिरफ़्तार किया गया था, जिसके बाद 1953 में वो संदिग्ध हालत में मृत पाए गए थे।

जो बात अक्सर नहीं बताई जाती वो ये है कि शुरुआत में मुखर्जी ने अनुच्छेद 370 की बहाली को स्वीकार कर लिया था।

जाने-माने वकील और संवैधानिक विद्वान ए.जी. नूरानी की 2011 में ऑक्सफ़ोर्ड यूनिवर्सिटी से प्रकाशित किताब *आर्टिकल 370 : ए कॉन्स्टिट्यूशनल हिस्ट्री ऑफ़ जम्मू एंड कश्मीर* (*Article 370 : A Constitutional History of Jammu and Kashmir*) आज़ादी के बाद कश्मीर मसले के कई संदेहों को ख़त्म करती है। ये अनुच्छेद 370 पर मुखर्जी की शुरुआती राय की भी तफ़्तीश करती है।

एक मज़ेदार बात ये कि जम्मू-कश्मीर के बीजेपी प्रवक्ता जितेंद्र सिंह ने तो इस किताब की तमाम बातों का खंडन किया था, लेकिन बातों ही बातों में वो ये दिखा गए कि लेखक ने जो लिखा है, वो उससे इत्तेफ़ाक रखते हैं। उन्होंने कहा, 'स्वर्गीय श्यामा प्रसाद मुखर्जी ने पहले प्रधानमंत्री जवाहरलाल नेहरू को सुझाव दिया था कि 370 को सीमित समय के लिए लागू किया जाए, और ये बात साफ़ कर दी जाए कि वो कितने समय तक रहेगा।'

इस बात पर ज़ोर दिया जाना ज़रूरी है कि ये पहली बार नहीं था जब कश्मीर को स्वायत्त अधिकार देने के लिए मुखर्जी के सहमति की बात की गई थी। कश्मीर के वरिष्ठ पत्रकार बलराज पुरी *द ग्रेटर कश्मीर* में छपे अपने एक लेख में लिखते हैं, 'श्यामा प्रसाद के नेहरू और शेख़ अब्दुल्लाह को लिखे ख़त, जिन्हें उस वक़्त पार्टी ने

प्रकाशित किया था, कश्मीर मुद्दे पर उनकी राय को उचित तरीक़े से बयान करते हैं। 9 जनवरी 1953 को उनके द्वारा दोनों को लिखे ख़त में वो लिखते हैं, 'हम घाटी को शेख़ अब्दुल्लाह के नेतृत्व में और ख़ास दर्जे के साथ चलाने को तैयार हैं लेकिन जम्मू और लद्दाख को भारत में एकीकृत करके रखना चाहिए।'

नेहरू ने कश्मीर में इसके नतीजों से सावधान करते हुए इस विचार को नकार दिया, जबकि अब्दुल्लाह ने इसका लंबा जवाब भेजा। उन्होंने लिखा, 'आपको शायद ज्ञात नहीं है कि राज्य की एकता भंग करने के लिए पाकिस्तान और अन्य कैसे प्रयास कर रहे हैं। जैसे ही राज्य का बंटवारा किया जाएगा, उन पर कोई भी फ़ैसला थोपा जा सकता है।'

वो आगे लिखते हैं कि ये पत्र व्यवहार 17 फ़रवरी 1953 को मुखर्जी द्वारा नेहरू को लिखे ख़त के साथ ख़त्म हुआ, जिसमें उन्होंने सुझाव दिया, 'दोनों दल फिर से ये कह रहे हैं कि राज्य की एकता बनी रहेगी और जम्मू, लद्दाख और कश्मीर घाटी को स्वायत्त अधिकार दिए जाएँगे। जम्मू-कश्मीर संविधान सभा के अगले सत्र में राज्य को ख़ास दर्जा देने वाले, दिल्ली में हुए समझौते को लागू किया जाएगा।'

नेहरू ने जवाब में लिखा कि वो तो जुलाई 1952 में ही अब्दुल्लाह के साथ इस बात से सहमत हो गए थे। अगर मुखर्जी को अपनी ग़लती का एहसास हुआ था, तो उन्हें तुरंत ही अपना विरोध वापस ले लेना चाहिए था। मुखर्जी ऐसा नहीं करना चाहते थे क्योंकि इसका मतलब आत्म-समर्पण (सरेंडर) करना होता। जनसंघ की छवि बरक़रार रखने के लिए इस गतिरोध को लंबा चलाया गया।

ये बात याद रखनी ज़रूरी है कि मुखर्जी की अचानक हुई मृत्यु के बाद नेहरू ने जम्मू की जनता से अपील की थी कि वो अपना विरोध वापस ले लें, क्योंकि स्वायत्त अधिकार की उनकी मांग को मान लिया गया है। राज्य सरकार ने 2 जुलाई को इस अपील का समर्थन किया, जब प्रजा परिषद के नेताओं को बरी किया गया था। ये नेता उसके बाद दिल्ली गए और 3 जुलाई को नेहरू से मिले। अतः क्षेत्रीय स्वायत्त अधिकार और तत्काल प्रभाव से दिल्ली के समझौते को लागू करने के आश्वासन के बाद प्रजा परिषद द्वारा विरोध वापस लिया गया था।

मगर इसमें अभी भी कुछ 'किन्तु-परंतु' हैं। एक वजह जिसने इसको लागू होने

से रोका, वो यह थी कि प्रजा परिषद और जनसंघ पीछे हट गए थे। माधोक, जो बाद में जनसंघ के अध्यक्ष बने, के अनुसार पार्टी ने नागपुर (आरएसएस का हेडक्वार्टर) से आए दिशा-निर्देशों की वजह से स्वायत्त अधिकार के लिए अपनी प्रतिबद्धता वापस ले ली थी। इसके बाद से पार्टी ने विशेष अधिकार और अनुच्छेद 370 के ख़िलाफ़ अपना विरोध जारी रखा।

आज भी, बीजेपी यही कहती है कि यदि सरकार ने उस वक़्त 370 के ख़िलाफ़ मुखर्जी के विरोध पर ध्यान दिया होता, तो आज कश्मीर की हालत बहुत अलग होती। लेकिन आज भी पार्टी में इतनी हिम्मत नहीं आई है कि इस बात को स्वीकार कर ले कि मुखर्जी ने लिखित में इस प्रस्ताव को स्वीकार किया था।

न्यूज़क्लिक, 11 अगस्त 2019

11.

जहाँ गोलियों ने युवा दिमाग़ों को अंधा बना दिया है

हुमरा क़ुरैशी

कश्मीर के युवाओं ने शांति का दौर शायद देखा ही नहीं है। अवसाद से पीड़ित एक पूरी जनसंख्या को उन्हीं के नज़रिए से समझना होगा और जो बिल्कुल आसान नहीं है। यह लेख इन पहलुओं पर रौशनी डालता है और समझना चाहता है कि क्यों कश्मीर का युवा एक ऐसे रास्ते को चुन रहा है, जहाँ से वापसी का रास्ता मुश्किल है।

* * *

कश्मीर घाटी में कई जाने-माने राजनेताओं को जाने से क्यों रोका गया था? ताकि वो उन लोगों की आह-ओ-फ़ुगाँ ना सुन सकें, जो इस घेराबंदी से, घाटी के लोगों पर हाइल की गई इस बर्बरता से आज़ाद होने की मांग कर रहे हैं। इसके अलावा, इन राजनेताओं को अपने साथी नेताओं का पता भी नहीं बताया गया, जिन्हें या तो गिरफ़्तार कर लिया गया है या उनके अपने ही घरों में नज़रबंद कर के रखा गया है।

इस बेतरतीबी का अगला पड़ाव ये है कि सिर्फ़ दक्षिणपंथी नेताओं को घाटी में घुसने की इजाज़त दी जा रही है। जैसा कि उम्मीद थी, ऐसा इसलिए किया जा रहा है ताकि ये नेता नई दिल्ली में सत्ता के गलियारों में लिखी जा रही तक़रीरों का प्रचार कर सकें। इन तक़रीरों में ज़ोर दिया गया है कि 'सब ठीक है', 'सब कंट्रोल में है' और यह कि हालात 'सामान्य' हो गए हैं और घाटी में 'सब कुछ अच्छा' चल रहा है।

क्या सरकार का ये मानना है कि इस दौर में, इन हालातों में वो ऐसी चालबाज़ियों

से बच सकती है? और अगर हक़ीक़त में घाटी में सब ठीक है, जैसा कि केंद्र सरकार और गवर्नर सत्य पाल मलिक दावा कर रहे हैं, तो हम ख़ुद क्यों नहीं देख सकते कि ये सरकारी दावे कितने सच हैं! सच्चाई ये है कि गवर्नर एक क़िलानुमा राज भवन में रहते हैं जहाँ परिंदा भी पर नहीं मारता होगा। कश्मीर के लोगों के बारे में क्या कहा जाए, उनको तो इतनी सहूलियत भी हासिल नहीं है कि वो जाकर गवर्नर साहब से मिल सकें और उनको बता सकें कि उन पर कैसी नरकीय स्थितियाँ हाइल कर दी गई हैं।

ये कहने की ज़रूरत नहीं है कि गवर्नर ने कभी भी श्रीनगर की गलियों-सड़कों पर क़दम भी नहीं रखा है। अगर रखा होता तो उन्हें ख़ुद ही ज़मीनी हक़ीक़त मालूम पड़ जाती।

जो पेलेट गन से नहीं हुआ था, वो अब कश्मीरियों के अस्तित्व पर हमला कर के हासिल किया जा रहा है। एक कश्मीरी बग़ैर संपर्क के, बग़ैर पैसे के, बग़ैर स्वास्थ्य-शिक्षा सुविधाओं के, और बग़ैर मुस्तक़बिल के ज़िंदा रहने को मजबूर है।

90 के दशक से मैंने लगातार कश्मीरियों पर की जा रही हिंसा के परिणामों के बारे में लिखा है। दरअसल उन्होंने कभी शांति देखी ही नहीं है, और इसका उन पर बेहद गहरा और लंबा असर हुआ है। घाटी के जाने-माने डॉक्टर इस बारे में हमेशा से मुखर रहे हैं। उन्हीं में से एक हैं डॉ. मुश्ताक़ ए. मरगूब, जो डिजास्टर साइकियाट्री (Disaster Psychiatry) के जानकार हैं और विदेशों में भी जाने जाते हैं।

मैंने पहली बार उनका इंटरव्यू 2002 में लिया था बल्कि जब-जब घाटी में कोई भारी संकट पैदा हुआ है, मैंने उनकी राय जानने के लिए उनसे बात की है। 2010 में जब घाटी में हालात इसी तरह नाज़ुक थे, उन्होंने मुझसे कहा था, 'जम्मू-कश्मीर की अवाम ऐसे सदमे क़रीब दो दशकों से झेल रही है। असुरक्षा और अनिश्चितता के माहौल में पल-पल जीने के दौरान जो जज़्बाती परेशानी पैदा होती है, उसकी कल्पना भी मुश्किल है।'

उन्होंने मुझे ये भी बताया कि लगातार बढ़ रही हिंसा से लोगों की तकलीफ़ें बढ़ी हैं और मानसिक रोगों की संख्या में भी इज़ाफ़ा हुआ है। उन्होंने बताया, 'वयस्क आबादी के 58 प्रतिशत लोगों ने ऐसी स्थिति देखी या महसूस की है जिनसे उनको सदमा लगा है। उस वक़्त 7 प्रतिशत की आबादी में पोस्ट-ट्रॉमैटिक स्ट्रेस डिसऑर्डर (Posttraumatic Stress Disorder; PTSD) प्रचलित था और 19 प्रतिशत लोग अवसाद (depression) का शिकार थे।

इसका सबसे ख़तरनाक प्रभाव महिलाओं और बच्चों पर पड़ता है। अनाथालयों में रहने वाले 5 से 12 साल की उम्र के 40 प्रतिशत बच्चों में PTSD प्रचलित था, 25 प्रतिशत अवसाद का शिकार थे और 12 प्रतिशत से ज़्यादा कन्वर्सन डिसऑर्डर (conversion disorder) से ग्रस्त थे।

कश्मीर की इस हालत ने मौजूदा दौर में कश्मीर को दुनिया की उन सबसे ख़राब स्थिति वाली जगहों में शामिल कर दिया है जहाँ औषधिक अफ़ीम का इस्तेमाल होता है। मरगूब के अनुसार, 'आबादी का 3.8 प्रतिशत हिस्सा आज अफ़ीम का इस्तेमाल करती है। अफ़ीम का इस्तेमाल ज़्यादातर इसलिए होता था ताकि लोगों को नींद आ सके या उन्हें अपने मानसिक दर्द से थोड़ी देर के लिए राहत मिल सके।'

एक मानव-रचित आपदा में, जहाँ कोई भी नुक़सान जान-बूझ कर पहुँचाया जा रहा है, सामाजिक ताने-बाने को अस्त-व्यस्त कर सकता है। जब कोई जाने वाले को रो रहा हो, तो ग़ुस्से की भावना बढ़ जाती है, और बदला लेना अपना हक़ लगने लगता है। ऐसा भी हो सकता है कि असहायपन और शोषण के जज़्बात में परिवर्तन आ जाए। ऐसी स्थिति में, एक वयस्क के विकसित दिमाग़ के काम करने की दिशा भी बदल जाती है। आमतौर पर यथार्थ को ध्यान में रखते हुए काम करने वाले लोग, जज़्बाती हो कर प्रतिक्रियाएँ देते हैं।

चूँकि नाबालिग लोगों की मानसिक प्रवृत्ति अभी पूरी तरह से विकसित नहीं हुई होती, इसलिए बच्चे या युवा जज़्बाती 'ऐक्शन-रिऐक्शन' की वजह से कहीं ज़्यादा प्रभावित होते हैं। जब उनको लगता है कि उनको पीछे धकेला जा रहा है, उनके जज़्बात उन पर हावी हो जाते हैं और वो अपने किए के परिणाम के बारे में सोचना बंद कर देते हैं।

इसका असर यह होता है कि युवा अपनी पहचान एक व्यक्ति के तौर पर नहीं, बल्कि एक गुट के तौर पर करने लगता है और इस वजह से वो ऐसे कामों में लग सकता है जो कि समाज में पहले होते ही नहीं थे।

इसी तरह से कश्मीर का युवा वर्ग लगातार प्रभावित होता रहा है। कश्मीर घाटी

में आज की युवा आबादी, इस मानसिक स्थिति को एक से ज़्यादा तरीक़ों से दिखलाती है। हाल ही में शुरू हुआ, लॉ एंड ऑर्डर को चुनौती देने का ये सिलसिला, इस 'ज़ख़्मी पीढ़ी' में लगातार बढ़ रही निराशा का सबूत हो सकता है। इस पीढ़ी ने अपने जन्म के बाद से शायद ही कभी शांति के लम्हों को महसूस किया होगा।

ऐसे बच्चे, जो ज़ख़्मी हैं, जिन्हें सदमा लगा है, जो अपने मासूम बचपन को खो चुके हैं, इन बच्चों से हमदर्दी न रखना बेहद मुश्किल है। उनकी ज़िंदगी पर ऐसे डरावने अनुभवों की छाप पड़ गई है कि अब बिना मदद लिए इस निराशा से उभर पाना शायद मुमकिन नहीं है। मरगूब कहते हैं –

> The haunting demons of memory wreak frightful vengeance on their frail psyche. Trapped as they are in the whirlpool of relived experience; bewildered and frightened; they are agonisingly alone in their pain.

आज कश्मीर घाटी उन क्षेत्रों में से है जहाँ 'आधी-विधवा' औरतों की संख्या बहुत ज़्यादा है। ये वो औरतें हैं जिनके पतियों को फ़ौज उठा कर ले गई थी, और उनका अब तक कुछ पता नहीं चला है। इसके अलावा घाटी में लापता मर्दों की संख्या भी बहुत ज़्यादा है और उनके परिवार वालों ने एसोसियेशन ऑफ़ पैरेंट्स ऑफ़ द डिसअपियर्ड पर्सन्स (Association of Parents of the Disappeared Persons; APDP) का गठन किया है। मैं ऐसे कई रोते-बिलखते माँ-बाप से मिली हूँ जो अपने लापता बेटों को तलाश रहे हैं। मैंने ऐसे कई माँ-बाप देखे हैं जो अपना घर-बार बेच कर राज्य भर की जेलों में अपने बेटों को तलाश रहे हैं, लेकिन आज तक कुछ पता नहीं चल पाया है।

हालिया रिपोर्ट्स कहती हैं कि कश्मीरियों को बड़ी संख्या में उत्तर प्रदेश की जेलों में भेज दिया गया है। ये कश्मीरी अवाम के लिए गहरा झटका है क्योंकि उनके लिए घाटी के बाहर सफ़र करना नामुमकिन सा है। उनके बीच ये डर और दहशत भी है कि उन पर दक्षिणपंथी गुंडे हमला कर देंगे और उन्हें गेस्ट हाउस और होटलों में रहने की

जगह नहीं मिलेगी। इसके अलावा उन पर एक और हमला हुआ है, और वो है उत्तर प्रदेश का मौसम, जो कि कश्मीरियों की सेहत को भारी नुक़सान पहुँचा सकता है।

इसी वजह से घाटी में कश्मीरी अवाम अपने ऊपर सरकार द्वारा हाइल की गई इस नरकीय स्थिति को एक शब्द में परिभाषित करती है और वह है – '*ज़ुल्म!*'

न्यूज़क्लिक, 30 अगस्त 2019

12.

370 के छिन जाने के बाद कश्मीर का मुस्तक़बिल क्या होगा?

डेविड देवदास से ख़ास बातचीत

कश्मीर का अपना एक इतिहास है जो विविधता से भरा हुआ है। धारा 370 हटाने के बाद पूरे जम्मू-कश्मीर में क्या बदलाव देखने को मिलेंगे? वहाँ राजनीति क्या करवट लेगी? ऐसे ही कुछ सवालों के जवाब दे रहे हैं, डेविड देवदास।

* * *

प्रशांत : हमारे साथ हैं पत्रकार और *द स्टोरी ऑफ़ कश्मीर* (*The Story of Kashmir*), *द जेनेरेशन ऑफ़ रेज इन कश्मीर* (*The Generation of Rage in Kashmir*) के लेखक डेविड देवदास।

डेविड, हम जानते हैं कि अनुच्छेद 370 को हटाना दशकों से बीजेपी और आरएसएस के एजेंडा का हिस्सा था। लेकिन जिस तरह से इसे हटाया गया, राष्ट्रपति शासन लगा दिया गया, दो दिन में जल्दबाज़ी में बिल पास हो गए, ज़मीनी स्तर पर तमाम प्रतिबंध लगाए गए, आप इस प्रक्रिया को कैसे देखते हैं?

डेविड : लगता है कि ये काफ़ी पहले से बनाई हुई योजना थी। बल्कि मुझे तो बताया गया था कि पिछले साल भी, वो यात्रा स्थगित कर के इसी वक़्त पर 370 हटाने की योजना बना रहे थे। ये थोड़ा अटपटा तो है, लेकिन ये शायद मौजूदा सरकार के लिए एक 'सर्जिकल स्ट्राइक' की तरह है। क्योंकि किसी ने नहीं सोचा था कि यात्रा स्थगित कर के, ऐसे समय में जब सबसे ज़्यादा लोग घूमने आते हैं, और सेब का

मौसम शुरू होने से ठीक पहले ये क़दम उठाया जाएगा। कश्मीर की अर्थव्यवस्था के लिए ये बहुत ज़रूरी वक़्त है लेकिन ये एक सोची-समझी योजना के तहत हुआ है जिसमें गोपनीयता के साथ-साथ संसद का सत्र ख़त्म होने से ठीक पहले इसे जल्दबाज़ी में पास करा लेना शामिल है। बल्कि सिर्फ़ इसके लिए ही सत्र को बढ़ा दिया गया था।

अब ज़ाहिर तौर पर कई सारे प्रशासनिक और बुनियादी बदलाव करने हैं – दोनों केंद्र शासित प्रदेशों को सूचित करना होगा, वहाँ लेफ़्टिनेंट गवर्नर नियुक्त करने होंगे। इसके अलावा केएएस और केपीएस को भी फिर से नियुक्त करना होगा। क्या केंद्र शासित प्रदेशों के कैडर से कुछ आईएएस अधिकारी लिए जाएँगे? अगर वो गए तो क्या वरिष्ठता की समस्याएं आएंगी? इसके अलावा, ज़मीनी स्तर पर आज भी बड़ी संख्या में जनता सदमे में है। उन्होंने इसकी उम्मीद भी नहीं की थी। राज्य में बहुत ज़्यादा सुरक्षा और नियंत्रण है।

साथ ही, ये अंतर्राष्ट्रीय स्तर पर बड़ा भारी पड़ सकता है। चीन और पाकिस्तान की नज़दीकियाँ बढ़ रही हैं, ट्रम्प ने भी बीच में पाकिस्तान की तरफदारी की, अफ़गान का मामला बेहद नाज़ुक स्थिति में है, तालिबान द्वारा क़ब्ज़ा हो जाने के आसार हैं। ईरान का मामला अमेरिका और उसके नज़दीकी मुल्कों को बेचैन करता है, इसलिए ट्रम्प के निकटतम देश पाकिस्तान की मदद करने को तैयार हो सकते हैं।आखिर पाकिस्तान की लम्बी सरहदें हैं, ईरान के साथ और अफग़ानिस्तान के साथ भी। इसके अलावा, कश्मीर घाटी के दक्षिणी हिस्से में आतंकवाद कट्टरपंथी गुटों की तरफ़ जा रहा है। इस झुकाव के साथ-साथ सर्व-इस्लामवाद की विचारधारा पिछले कुछ सालों से लगातार बढ़ रही है।

प्रशांत : आपने क़रीब एक दशक तक वहाँ के हालात को नज़दीक से देखा है और उनके बारे में लिखा भी है। इसका दक्षिणपंथी नज़रिया तो ये है कि इसकी वजह से देश के क़ानून सुरक्षित हैं, लेकिन जहाँ तक बुद्धिजीवी समाज और कश्मीरी नेताओं का सवाल है, आपके हिसाब से अनुच्छेद 370 कितना ज़रूरी था और इससे उनकी अभिव्यक्ति पर क्या प्रभाव पड़ा है?

डेविड : देखिए, 370 कई सालों से था और लोगों के अनुसार उनके लिए बेहद ज़रूरी

था। परन्तु 370 पहले भी खोखला कर दिया गया था और विचित्र बात तो यह है कि उसे और खोखला ही किया गया है, संविधान से हटाया नहीं गया है। और 35ए का मतलब है कि कश्मीर घाटी में किसी दूसरे राज्य से आ कर यहाँ ज़मीन नहीं ख़रीद सकते, इसी मुद्दे पर 2008 में काफ़ी बवाल हुआ था जब श्री अमरनाथ यात्रा श्राइन बोर्ड को ज़मीन का एक बड़ा प्लाट दे दिया गया था। जम्मू में कई लोग, ख़ासतौर से युवा वर्ग को इस बात की चिंता है कि कोई बाहर वाला आएगा और उनकी नौकरी छीन लेगा। यहाँ बात ज़मीन से ज़्यादा नौकरी की है।

अगर हम नेताओं की बात करें, जिन्होंने कई सालों तक राज्य में शासन किया है, तो आपको बता दूँ कि राज्य को मिलने वाले स्वत्व अधिकार दरअसल केंद्र सरकार से राज्य सरकार को मिले थे और वो अधिकार कभी जनता तक पहुँच ही नहीं पाए। अगर आरटीआई की बात करें, तो यहाँ उसके प्रावधान बाकी राज्यों की तुलना में कमज़ोर थे। पंचायती राज क़ानून में अधिकार पंचायत तक बहुत कम पहुँच पाए थे। परन्तु मैं ये कहना चाहता हूँ कि केंद्र सरकार के सामने बड़ी चुनौतियाँ हैं। राज्य को दो केंद्र शासित प्रदेशों में बाँट देने का फ़ैसला कर तो दिया है, लेकिन केंद्र सरकार पे अब बहुत बड़ी ज़िम्मेदारी आ गई है।

प्रशांत : हमने देखा है कि समय-समय पर अलग-अलग तरह से समझौते किए गए हैं, जैसे हुर्रियत को इसमें शामिल करना एक उदाहरण है। हालाँकि गृह मंत्री ने कहा है कि ऐसा नहीं होगा, लेकिन क्या आपको लगता है कि कश्मीरी समाज से इस विषय पर बात की जानी चाहिए?

डेविड : इसकी गुंजाइश थी और शायद अब भी है लेकिन सरकार की इसमें रुचि नहीं है। हुर्रियत कॉन्फ्रेंस के सद्र, मीरवाइज़ ने मुझे बुरहान वानी के मारे जाने के 7-8 महीने पहले इंटरव्यू दिया था। मीरवाइज़ भी बातचीत का रास्ता अपनाना चाहते थे क्योंकि उन्होंने देखा था कि आतंकवाद नए तरह के कट्टरपंथ की तरफ़ बढ़ रहा है, लेकिन उनकी बात का कोई जवाब नहीं दिया गया। बुरहान वानी के मारे जाने के बाद, सांसदों को सरकार की मदद से विभिन्न हुर्रियत नेताओं के घर ले जाया गया। पर हुर्रियत नेताओं ने बातचीत से इनकार कर दिया क्योंकि तब एक संयुक्त प्रतिरोध नेतृत्व का गठन हो चुका था, जो पाकिस्तान के नियंत्रण में था। ये अप्रैल 2016 में

हुआ था, बुरहान को उसी साल 8 जुलाई को मारा गया था। उसके एक-दो साल पहले से अन्य लोगों की तरफ़ से ताज़ा क़दम उठाए गए थे और मुझे बताया गया था कि ख़ुद गिलानी साहब भी समझौते के लिए तैयार थे, और इस हक़ में थे कि इज़्ज़तदार तरीक़े से मामला सुलझ जाए और कोई कड़े क़दम ना उठाने पड़ें, लेकिन ज़ाहिर तौर पर केंद्र सरकार ऐसा नहीं चाहती थी।

प्रशांत : आपके काम का एक पहलू कश्मीर के युवा वर्ग के बारे में भी रहा है। आपकी किताब का नाम ही द *जेनेरेशन ऑफ़ रेज* (*The generation of rage*) है, तो आपको क्या लगता है कि इस फ़ैसले का कश्मीर के युवा वर्ग पर क्या असर पड़ेगा?

डेविड : पिछले 30 सालों में, हिंसा और जब्र के बीच दो पीढ़ियाँ बड़ी हुई हैं, और पैदा भी हुई हैं। वो जंग के बच्चे है जो ग़ुस्से में हैं और वो बचपन से ही सदमे में हैं।जो पीढ़ी सदी के बदलाव के वक़्त पैदा हुई है, जिसे हम 'मिलेनियल' कहते हैं, उन्हें हमेशा यही सुनने को मिला था कि मुसलमानों पर दुनिया भर में ज़ुल्म किए जा रहे हैं। उन्होंने ज़मीनी स्तर पर अपने सामने हमेशा फ़ौज देखी हैं। दूसरी तरफ उनमे से बहुतों का नज़रिया इस्लामी राष्ट्रवाद और सर्व-इस्लामवाद का नज़रिया है। अब कश्मीर में सलफ़ी इस्लाम ने आवाम को ज़्यादा प्रभावित किया है। ज़ियारती इस्लाम – जिसे लोग सूफ़ी इस्लाम कहते हैं पर मैं उसे अलग तरह से देखता हूँ – यह 90 के दशक तक चलन में था, यहाँ तक कि लोगों ने जमात-ए-इस्लामी का सामना किया, हालांकि उस तंज़ीम ने 90 के दशक में ग़ैर-आधिकारिक ढंग से हिज़्बुल मुजाहिद्दीन का साथ दिया था।

जो लोग ज़ियारतो में जाते हैं, वो छुपकर जाते हैं क्योंकि वो नहीं चाहते कि उन्हें देख कर कोई सोचे कि वो सलफ़ी इस्लाम से अलग हो रहे हैं। ये पिछले 10-12 साल का हाल रहा है। युवा वर्ग को अलग-अलग ज़रियों से अकेलापन और निराशा महसूस कराई गई है।

मेरे ख़याल से 2008 के चुनाव में, जनता ने फ़ैसला किया था कि आख़िरी बार उस लोकतंत्र को आज़मा लें जिसका वादा किया गया था। वो निराश हुए। 2014 में बाढ़ आई थी, लेकिन लोग बाढ़ के कुछ हफ्तों बाद ही इलैक्शन बूथ पर गए और

इस उम्मीद से वोट दिया कि उन्हें कुछ राहत मिलेगी, लेकिन उन्हें फिर से निराशा हाथ लगी। उन्हें तब भी निराशा हाथ लगी जब पीडीपी गठबंधन के साथ सत्ता में आई और ज़मीनी स्तर पर उसकी छवि आरएसएस सम्बंधित पार्टी के रूप में बन गई। लेकिन लोग तब भी उम्मीद लगाए बैठे थे कि उन्हें फ़ंड मिलेगा, राज्य का कुछ विकास होगा, उन्हें राहत मिलेगी, लेकिन इस बार भी उन्हें निराशा हाथ लगी। बल्कि 2015 में उधमपुर में गौरक्षा के नाम पर हिंसा की घटना हुई जिसका घाटी पर बहुत गहरा असर पड़ा था। बेशक देश के और हिस्सों से भी ऐसी ख़बरें आ रही थीं। तो इसकी वजह से गठबंधन में हलचल सी देखी गई।

दूसरी तरफ, लोग आम तौर पे, हर तरह के नेताओ से निराश हो गए थे। इसे याद रखिये कि हुर्रियत के लोगों को गिरफ़्तार किया गया लेकिन कोई विरोध, कोई हड़ताल नहीं हुई, कोई प्रतिक्रिया ही नहीं थी। यहाँ तक कि जब कुछ महीनों पहले जमात-ए-इस्लामी पर प्रतिबंध लगाया गया, तब भी लोगों ने कोई विरोध नहीं किया। लेकिन इस आघात से शायद उनकी आस्था पर प्रभाव पड़ा है, क्योंकि जैसा मैंने बताया, 2008 के चुनावों से पहले, काफ़ी लोग इसे आख़िरी मौक़े की तरह देख रहे थे, लेकिन वो निराश ही हुए थे।

क़रीब पिछले एक साल से कश्मीर में भ्रष्टाचार एक बड़ा मसला रहा है और ये उम्मीद कि कम से कम भ्रष्टाचार तो ख़त्म हो जाएगा, ज़ाया ही गई है। 5 अगस्त से कुछ ही दिन पहले गवर्नर की एक प्रेस कॉन्फ्रेंस हुई थी, जिसमें कई पत्रकारों ने इस मुद्दे को उठाया था। कुल मिलाकर निराशा ही हाथ लगी है। और जहाँ तक कश्मीरी आवाम के अपने अस्तित्व का सवाल है, तो जिस तरह से कश्मीरियों के अधिकार छीन लिए गए हैं और राज्य को दो केंद्र शासित प्रदेशों में बाँट दिया गया है, इसे बहुत से कश्मीरी बड़ा अपमान मानते हैं।देश भर में ऐसी कई पहचान हैं जो बहुत मज़बूत हैं, बंगाली पहचान उसका एक उदाहरण है। कश्मीर का इतिहास बड़ा व्यापक है। इसका इतिहास 1100 सीई (CE) में लिखा गया है और थिएटर, मेडिसिन, रसोई संबंधी कौशल में कई बड़ी उपलब्धियाँ हासिल की गई हैं। कश्मीर की इन पहचानों को अब नियंत्रित किया जा रहा है।

जम्मू-कश्मीर में भी और तरह-तरह की पहचान वाले समुदाय हैं। बल्कि मैंने

कई सालों तक ये कहा है कि जम्मू-कश्मीर शायद दुनिया का सबसे बड़ा सामाजिक विविधता वाला क्षेत्र है। ये बाल्कन से भी ज़्यादा विविध क्षेत्र है। मै शुक्र मनाता हूँ कि सरकार ने इसे तीन हिस्सों में नहीं बाँटा है। मेरी सबसे बड़ी चिंता थी कि सांप्रदायिक तनाव ना पनपे, क्योंकि चनाब घाटी के इर्द-गिर्द, हिंदू और मुसलमानों की आबादी 50:50 या 60:40 है, और काफी हद तक दोनों समुदाय शांतिपूर्वक रहे हैं।

लोकसभा में गृह मंत्री के बयान से ये अनुमान होता है कि अभी और चीज़ें होनी हैं। बल्कि गृह मंत्री ने लोकसभा में ऐलान कर दिया था की अगर आप ठीक तरह से बर्ताव करेंगे, तो मैं आपका राज्य आपको वापस कर दूंगा! ऐसे लेनदेन जैसी प्रतिक्रिया से लोगो के सामूहिक मन को ठेस पहुँचेगा और इससे ज़ुल्म का भाव भी पनपता है, लेकिन एक उम्मीद भी है कि शायद ऐसा हो सकता है। दरअसल 370 को हटाया नहीं गया है, बल्कि उसे कमज़ोर किया गया है। और वैसे भी 370 कई दशकों से खोखला हो चुका था। उसके बावजूद ये फ़ैसला उस वजह से आया है कि दशकों से भाजपा समर्थकों को वादे किए गए थे और उनको पूरा करना था। ये 1950 से हो रहा था, जब से भारतीय जन संघ बना था। लेकिन वो वादे भी पूरे नहीं हो सके हैं, क्योंकि 370 का अस्तित्व अभी तक है। कुल मिला कर काफ़ी विडंबना भरी स्थिति है।

प्रशांत : बीजेपी वो पार्टी थी जिसने ये क़दम उठाया और एजेंडा को आगे बढ़ाया, लेकिन उसके पास देश के अलग-अलग हिस्सों से समर्थन था, उन सब से जो एनडीए का हिस्सा हैं, लेकिन उन लोगों से भी समर्थन आया जो गठबंधन में शामिल नहीं थे जैसे बीजेडी। क्या आपको लगता है कि क्षेत्रीय दल पिछले कुछ सालों से किसी भी मुद्दे की नज़ाकत को समझने में नाकाम रहे हैं, यहाँ तक कि उन्होंने भी मसलों को ग़ौर से नहीं देखा है?

डेविड : देखिए आज राष्ट्रवाद ख़ूब चलन में है, और सिर्फ़ भारत में ही नहीं, हंगरी, टर्की, हॉलैंड, यूएस जैसी जगहों में भी है। तो इस चीज़ को बड़े महीन तरीक़े और ध्यान से समझना पड़ेगा। जहाँ तक क्षेत्रीय पार्टियों की बात है, मैं उम्मीद करता हूँ कि वो इस मसले को और गंभीरता से देखेंगे कि एक राज्य जिसके पास विशेष

दर्जा था, जिसके पास 56 साल पहले एक प्रधानमंत्री और सदरे रियासत थे, उसे अब दो केंद्र शासित प्रदेशों में बाँट दिया गया है। तो इससे हम ये समझ सकते हैं कि बाक़ी राज्यों के साथ क्या हो सकता है। नक्सल प्रभावित राज्य जैसे तेलंगाना, छत्तीसगढ़ या ओडिशा का उदाहरण लेते हैं, कल को आतंकवाद ख़त्म करने के नाम पर इन राज्यों के साथ भी ऐसा किया जा सकता है। ये संघीयता को कमज़ोर करने का तरीका है कि किस तरह से एक पूरा राज्य, जो कि महाराजा के अपने ख़त में लिखी गई शर्तों के तहत भारत का हिस्सा बना था, उसे बाँट दिया गया है। ये सही है कि परिग्रहण का एक लिखा-लिखाया ख़ाका था, लेकिन जम्मू-कश्मीर के महाराजा ने बड़े ध्यान से अपने ख़त में विशेष शर्तों का ज़िक्र किया था। उसके बाद समय के साथ जो वादे किए गए थे, जैसा कि 1952 में जो नई दिल्ली समझौता किया गया था, उस सन्दर्भ में हमें परखना चाहिए कि संघीयता या संघवाद का भविष्य क्या हो सकता है।

प्रशांत : बहुत शुक्रिया डेविड!

न्यूज़क्लिक, 7 अगस्त 2019

आभार

यह संकलन कई लोगों के अथक परिश्रम का नतीजा है। हम उन सभी लेखकों, अनुवादकों, वीडियो एडिटर और कैमरा पर्सन को धन्यवाद देना चाहते हैं पर शायद सबके नाम लिखने के लिए एक नई किताब की ज़रूरत पड़ेगी, लेकिन कुछ नाम ख़ास तौर पर लिखना अनिवार्य है।

हम सबसे पहले नंदिता हक्सर, प्रबीर पुरकायस्थ, गीता हरिहरन और सुधन्वा देशपांडे को धन्यवाद देना चाहते हैं, जिनके लगातार निर्देशन और अथक परिश्रम की वजह से ही यह संकलन संभव हो पाया। साथ ही हम इंडियन कल्चरल फ़ोरम और न्यूज़क्लिक के बोर्ड और संपादक मंडल का शुक्रिया अदा करना चाहते हैं।

हम सोनाली, सत्यम, अजय कुमार, दानिया रहमान, महेश कुमार और न्यूज़क्लिक के राजेश कालिथोडी का शुक्रिया अदा करना चाहते हैं। इन्होंने अनुवाद से लेकर कोऑर्डिनेशन तक, हर ज़िम्मेदारी उठाई है।

हम निम्नलिखित वेबसाइट्स के आभारी हैं, जिन्होंने सच्ची पत्रकारिता की मिसाल दी है और जनता के मुद्दों को लगातार उठाया है। यह संकलन इन्हीं मंचों की मेहनत का नतीजा है।

न्यूज़क्लिक – https://www.newsclick.in

न्यूज़क्लिक हिंदी – https://hindi.newsclick.in

इंडियन कल्चरल फ़ोरम – https://indianculturalforum.in

पर सबसे अधिक हम उन सभी के आभारी हैं, जिन्होंने लेखों और वीडियो के ज़रिए, अपने संघर्षों और अनुभवों को लोगों तक पहुँचाया। यह संकलन इन्हीं की कहानी है और इन्हीं को समर्पित है।

परिचय

एजाज़ अशरफ़ स्वतंत्र पत्रकार हैं। वे *द ऑवर बिफ़ोर डॉन* (*The Hour Before Dawn*) के लेखक भी हैं।

प्रदीप मैगज़ीन वरिष्ठ पत्रकार हैं और क्रिकेट पर लिखते हैं।

एलोरा पुरी जम्मू विश्वविद्यालय में राजनीति विज्ञान की अध्यापक हैं।

वजाहत हबीबुल्लाह राष्ट्रीय अल्पसंख्यक आयोग के अध्यक्ष रहे हैं। इससे पहले, उन्होंने भारत के पहले मुख्य सूचना आयुक्त के तौर पर अपनी सेवाएँ दी थी।

रश्मि सहगल स्वतंत्र पत्रकार हैं और विभिन्न अख़बारों और पत्रिकाओं के लिए लिखती रही हैं।

प्रभात पटनायक जवाहर लाल नेहरू विश्विद्यालय के सेंटर फॉर इकॉनमिक स्टडीज़ एंड प्लानिंग में प्रोफ़ेसर एमेरिटस हैं।

सुबोध वर्मा न्यूज़क्लिक के लिए सामाजिक और आर्थिक मुद्दों पर लिखते हैं। वे ट्रेड यूनियन और अन्य लेफ़्ट संगठनों के साथ भी काम कर चुके हैं।

शिंजनी जैन ट्राईकॉन्टिनेंटल इंस्टिट्यूट फ़ॉर सोशल रिसर्च के साथ काम करती हैं। उन्होंने परंजॉय गुहा ठाकुरता के साथ *थिन डिवाइडिंग लाइन* (*Thin Dividing Line*) और अजीत अभ्यंकर के साथ *द ब्लैक होल* (*The Black Hole*) नामक किताब लिखी है।

सुभाष गाताडे सामाजिक कार्यकर्ता और लेखक हैं। उन्होंने सांप्रदायिकता और अन्य सामाजिक मुद्दों पर लगातार लिखा है और इनके ख़िलाफ़ आवाज़ उठाते रहे हैं।

हुमरा कुरैशी वरिष्ठ पत्रकार हैं और विभिन्न अख़बारों और पत्रिकाओं के लिए लिखती रही हैं।

डेविड देवदास वरिष्ठ पत्रकार है। *द स्टोरी ऑफ़ कश्मीर* (*The Story of Kashmir*) और *द जेनेरेशन*

ऑफ़ रेज इन कश्मीर (*The Generation of Rage in Kashmir*) इनकी प्रमुख किताबें हैं।

प्रशांत आर. दिल्ली स्थित न्यूज़ वेबसाइट *पीपल्स डिस्पैच* में पत्रकार हैं।

सोनाली ने न्यूज़क्लिक में बतौर पत्रकार काम किया है। वर्तमान में वे दिल्ली विश्वविद्यालय से हिंदी साहित्य में शोध कर रही हैं।

सत्यम न्यूज़क्लिक में पत्रकार हैं और रंगमंच कलाकार भी। वे जन नाट्य मंच के साथ जुड़े हैं।